Ancien grand reporter, Vincent Maillard est aujourd'hui réalisateur de documentaires et scénariste pour la télévision. *L'Os de Lebowski* est son second roman, après *Springsteen-sur-Seine* (Éditions Fanlac, 2019).

DU MÊME AUTEUR

Springsteen-sur-Seine
*Fanlac, 2019*

Methanic
*Ramsay, 2021*

Vincent Maillard

# L'OS DE LEBOWSKI

*Éditions Philippe Rey*

ISBN 978-2-7578-9647-1

# PREMIÈRE PARTIE

## *(Le cahier bleu)*

# Premier jour

Il faut, d'une manière ou d'une autre, être enfermé pour avoir le temps d'écrire. C'est le cas. Et avoir une idée. Je n'avais pas d'idée. Pas d'histoire. Hormis la mienne.

Et celle de mon chien, auquel je ne cessais de penser. Notre histoire donc, depuis le premier jour où je l'ai vu.

Je n'avais pas demandé « combien pour ce petit chien dans la vitrine », d'ailleurs il aurait été bien incapable de ponctuer la question des deux petits « whou whou » de la chanson. Il somnolait. Et depuis il n'a jamais fait que ça. Les autres chiots bondissaient, aboyaient, se mordillaient et se roulaient dans les copeaux artificiels. Lui, non. Ce doit être ça qui m'a attiré. Une forme d'acceptation tranquille, cette philosophie ataraxique qui n'appartient qu'aux animaux.

Le vendeur m'avait fait tout un article sur les mérites du golden retriever, l'ami des enfants. Je ne lui avais pas répondu que je n'avais pas d'enfant, ni que si j'en avais, je n'aurais pas besoin d'acheter un chien. Ni que si j'aimais vraiment les chiens, j'irais en délivrer un à la SPA. Ni que si j'aimais vraiment les goldens, j'en chercherais un dans un élevage digne de ce nom et pas dans un supermarché où on peut acheter un chien comme un paquet de rouleaux de Sopalin. J'ai mélangé tout ça et j'en ai conclu que, malgré tout, je délivrais un petit être de sa prison vitrée dans un temple de la marchandisation du vivant.

C'était il y a sept ans. Je ne regrettais rien de cet achat impulsif. Ce chien était une crème. Un peu crétin ? Pas sûr. Au départ je l'avais baptisé Dumby. Je trouvais que ça évoquait *My Dog Stupid* de John Fante, un des rares bouquins que j'ai lus quand j'étais jeune. Mais ensuite, il s'est transformé en une grosse masse molle et blonde, toujours avachi et décalé comme Jeff Bridges dans le film des frères Coen, alors ça m'a amusé de le surnommer Lebowski, et finalement le nom lui est resté. Depuis sept ans, il dort essentiellement. Il ne court après aucune balle, aucun bâton. Quand je le sors, il marche, la tête basse, derrière moi. On croise des tas de chiens qui tirent sur leur laisse ou courent dans tous les sens. Il les regarde d'un œil apitoyé. Je lui file des croquettes, et lui me refile son bon regard certifié fidélité inconditionnelle. Je le caresse de temps en temps, il soupire de contentement. Ou d'accablement ? C'est difficile à dire. Enfin, disons que nous cohabitons paisiblement.

J'emmène Lebowski sur mes chantiers de jardinage. Je suis *paysagiste / création-entretien*, comme disent mes cartes de visite. En général, les clients l'apprécient. Il y a des gens qui n'aiment pas les chiens, mais peu qui ne supportent pas les peluches. Il n'existe pas de ligues anti-peluches. Or, incontestablement, cet animal est plus proche de la peluche que du molosse.

Mais cette fois-ci, j'ai eu beau plaider la cause de Lebowski, rien à faire. « Ma fille a une phobie des chiens », m'a dit le client. Il fallait selon lui que je le laisse dans la voiture. Je lui ai dit que ce n'était pas possible avec cette chaleur. On a négocié. Il a fini par accepter que je l'emmène au fond de sa propriété à la condition expresse que je passe au large et que je l'attache à un arbre ou à quelque chose. Je n'ai pas de laisse, j'ai bricolé un bout de corde pour arranger l'affaire. Ça n'a pas eu l'air de traumatiser mon animal, qui n'avait pas dans ses projets de courir toute la sainte journée le long du mur du parc jusqu'à y tracer un cynodrome de lévriers, et encore moins d'aller chasser les garennes ou les canards de la mare. Comme je l'ai dit, c'était un cador surdiplômé de l'école des stoïques. Je l'ai attaché au tronc d'un grand chêne. Il possédait de la sorte un alibi en béton pour déployer tout son savoir-faire en matière de léthargie chronique.

À l'avant de la propriété trônait, à la place de l'ancien manoir des Prés Poleux dont il ne restait que quelques murs, une immense construction blanche, moderne, sérieuse comme un tribunal, et anguleuse comme une villa d'architecte, percée de multiples baies vitrées donnant sur plusieurs terrasses aménagées dont l'une, au sud, accueillait une piscine turquoise et discrètement glougloutante. L'homme, le père de la fille phobique aux chiens, m'accompagna jusqu'à l'angle sud-est de ses trois hectares tout en m'expliquant son projet. On sent bien d'ailleurs que l'homme est un homme de projets. Il s'appelle Arnaud Loubet. Il a, à l'époque, cinquante et un ans, il est plus grand que moi, il mesure donc plus d'un mètre quatre-vingts. Son visage est ambigu, le front, les yeux et le nez expriment une grande détermination, mais les joues sont un peu molles, et le menton un peu faiblard. Ça ne se remarque pas tout de suite car le tout est flouté et harmonisé par une belle chevelure blanche de patriarche, ou de patron, à mi-chemin entre la coupe d'un pilote de ligne et celle d'un mandarin de la littérature. Bref, l'homme a un projet. Il veut créer un jardin potager dans ce coin de la propriété. « J'ai bien réfléchi à la question », me dit-il. C'est un homme construit, qui réfléchit, qui analyse, qui se fait une opinion, puis qui décide.

« Pour moi, ici, c'est parfait, ajoute-t-il en tendant les mains vers la zone prévue.

– Mais… avec le mur et les arbres, c'est à l'ombre.

– Et alors ?

– Alors si vous voulez que ça pousse, à la lumière, c'est mieux. »

L'homme m'a regardé en plissant légèrement les yeux. Il m'a choisi parce que je suis un jardinier spécialisé dans les aménagements éco-bio-permaculture-garantis-sans-pesticide, etc. L'inverse exact de tout ce qui avait été fait sur ces trois hectares depuis Louis-Philippe. Mais l'homme, comme tout le monde, entamait son grand virage vers le bio, le durable, la sobriété heureuse de Pierre Rabhi et de tout ce qui se vendait bien en matière de consommation écoresponsable. Il y avait encore du chemin à faire avant d'apercevoir la sortie de la courbe. Mais surtout, et malgré tout, était-il concevable, pour revenir à la conversation en cours, qu'un simple jardinier puisse penser d'une manière plus juste que lui ? Apparemment oui (ça avait un tout petit peu de mal à passer mais ça allait passer) car l'homme possédait une autre carte dans sa manche, un atout maître : il était « doté d'un solide sens de l'humour », comme on me l'a dit plus tard. Alors il a posé un index sur sa bouche en penchant la tête en arrière tel un homme qui réfléchit intensément, puis il a hoché doucement la tête comme si une idée lumineuse faisait lentement son chemin dans son esprit et il a prononcé avec ironie : « Hum ! hum !... pas bête... on voit que vous êtes de la partie ! » avant de m'adresser un grand sourire complice. J'ai fait un tour d'horizon du regard et je lui ai proposé de créer son potager au sud-ouest.

« J'ai repéré qu'il y a une arrivée d'eau là-bas.

– Non. »

À mon tour je l'ai regardé en plissant légèrement les yeux, exactement comme il l'avait fait, je ne sais pas trop pourquoi, ça devait m'amuser, puis j'ai levé les sourcils en avançant la mâchoire inférieure en signe d'interrogation.

« Non. Là-bas, non. On a... On a d'autres projets dans cette partie. »

Oui. L'homme décidément est un homme de projets. J'ai acquiescé en hochant lentement la tête, toujours comme lui l'avait fait d'une manière ironique quelques secondes plus tôt. Est-ce que je me moquais encore de lui ? Ou bien exerçait-il sur moi une influence inconsciente, une contagion mimétique ? Je l'ignorais. J'ai fait quelques pas, je suis monté sur une butte, j'ai constaté que Lebowski, affalé au pied du grand chêne, avait attaqué sa journée. J'ai laissé l'espace m'imprégner, et je lui ai proposé une autre solution : un carré adossé au mur nord, ce serait moins discret mais, avec une jolie clôture, ce serait charmant. Il a dit « OK, feu vert », j'imagine qu'il s'est retenu de dire *green light*.

J'ai donné quelques coups de pioche au pied du mur nord. Il faisait déjà très chaud et la pioche soulevait des petits nuages de poussière, mais la terre était tendre et bonne pour le maraîchage. Elle était marbrée, légèrement sableuse et limoneuse – le travail du fleuve, distant de plus de trois cents mètres aujourd'hui, mais qui avait recouvert cette plaine régulièrement au cours des millénaires passés –, et aussi organique – des forêts avaient poussé ici dont l'humus avait amendé le sol. Du gâteau. Presque. Car le bruit de deux épées médiévales qui s'entrechoquent retentit quand l'outil heurta une pierre de la taille d'un pavé parisien. Quelques coups de pioche supplémentaires me firent comprendre qu'il n'y avait pas eu ici que de l'eau et des arbres, des hommes y avaient bâti des édifices qui s'étaient effondrés ou qu'on avait détruits. Des monceaux de pierres s'étaient éparpillés, puis avaient été recouverts comme les vestiges d'un château fort en galets oublié sur une plage. Il me faudrait trimer pour débarder la surface du potager. Et ce n'était pas cette feignasse de Lebowski qui allait m'aider à sortir tout ça. Si un éducateur canin au monde avait pu lui apprendre à creuser pour dénicher quoi que ce soit, même une truffe, ce gars-là pouvait être nommé meilleur dresseur de l'année. C'était pourtant un sacré costaud ce clebs, une carcasse de chien des Pyrénées plutôt que de golden. En le harnachant, j'aurais pu lui faire tirer une carriole pour transbahuter les caillasses à la manière d'un bœuf. T'as qu'à croire ! Autant essayer directement de lui apprendre à marcher sur ses deux pattes arrière et à pousser la brouette. Je délimitais avec des piquets la parcelle d'environ cent cinquante mètres carrés dédiée au potager. Le ciel était d'un bleu si profond que j'avais envie de me cracher dans les mains et d'empoigner gaiement le manche de la pioche – debout, les gars, réveillez-vous, il va falloir en mettre un coup ! –, mais c'était absurde. Je n'aimais pas trop faire ça, mais là, pas le choix, il me faudrait passer le motoculteur pour faire remonter l'essentiel des pierres, sans quoi j'y perdrais trois jours et j'y gagnerais une hernie discale. À moins que je demande à mon pote Yuriy et à sa palanquée d'Ukrainiens de venir me filer un coup de main ? Ils étaient capables de régler ça en deux heures, à peine plus de temps que n'en met une harde de sangliers pour retourner le pied d'un châtaignier. Je passerai plutôt le motoculteur, il faudra que je prépare une explication au cas – très improbable – où Arnaud demanderait des explications à cette entorse aux règles de la permaculture.

Avant de m'y coller, j'ai été voir le chien. Je l'ai appelé, il a soulevé un œil. J'ai tapé dans mes mains pour qu'il se bouge. Il s'est relevé à grand-peine, à la manière d'un pachyderme qui sort d'une anesthésie générale. J'ai détaché la laisse improvisée et je l'ai emmené boire près de l'arrivée d'eau au sud du parc, sur le mur des anciennes écuries, là où Arnaud avait refusé l'installation du potager. En passant sous une charmille, Lebowski s'est approché d'un tronc pour soulever la patte arrière, son seul et unique exercice physique répertorié. J'ai empli d'eau une soucoupe de terre qui traînait là et il a bu avec la délicatesse d'un phacochère d'une savane reculée. Moi-même j'ai avalé deux gorgées et je me suis humidifié la nuque. Il n'était pas encore 10 heures mais le soleil envoyait déjà ses directs comme un boxeur sur le sac de frappe. C'est à ce moment-là que j'ai entendu gratter derrière moi et, dans mon champ de vision périphérique, j'ai cru voir Lebowski s'agiter avec fébrilité. Quelque chose de tout à fait anormal. Une crise d'épilepsie ? Ou un truc dans le genre. Je me suis retourné : il creusait ! En voilà bien une autre ! Il labourait la plate-bande au pied d'une rangée d'hortensias. Bien en appui sur les pattes arrière, il moulinait des pattes avant comme des godets de pelleteuses. Comme un chien de cartoon qui creuse un tunnel. D'abord j'ai cru qu'il avait pris un coup de chaleur, mais il était resté à l'ombre. Il s'est arrêté une seconde, m'a regardé d'un air ravi, et a repris ses travaux d'excavation avec frénésie. Bon Dieu ! Ainsi, ce chien me réservait des surprises. Il avait fallu attendre sept ans pour qu'il se révèle. Il ne pouvait pas y avoir de truffes ici. Un lingot d'or ? Ça n'a pas d'odeur. Du pétrole ? Calmons-nous. Plus probablement un os enterré là par un de ses congénères, ou bien, ce n'était pas à exclure avec lui : rien. Comme ça durait, je lui ai dit : « Ça suffit, allez, on y va ! » Il a redoublé d'efforts, la tête et les épaules enfouies dans son trou, puis s'est relevé, triomphal, quelque chose dans la gueule. Une pierre ? Il avait compris mon problème et il voulait m'aider ? « Je vais te les sortir moi tes caillasses ! » – il voulait me faire payer le dénigrement et les moqueries dont je venais de l'accabler par la pensée ? Non. Malgré la terre qui le brunissait, on pouvait deviner que le truc était un os. Un bout d'os. J'ai voulu regarder ça de plus près. Lebowski a grogné. Ça m'a fait rire : décidément, il faisait son coming out : je suis un chien, nom d'un chien ! Je lui ai quand même pris. J'ai examiné l'objet et j'ai voulu m'en débarrasser en le jetant dans les buissons, mais comme le pauvre me regardait avec son air de chiot affamé de race saint-sulpicienne, je le lui ai rendu. J'avais assez perdu de temps, je me suis remis en marche. Lebowski m'a suivi en remuant doucement la queue, ça, ça n'avait pas changé.

Je retournais donc à ma camionnette pour la rapprocher de ma zone de travail quand Arnaud est revenu vers moi avec sa démarche d'homme tranquille, maître de céans, maître de lui-même, maître de l'univers en première intention. Il m'a dit : « Venez donc boire un café, je vais vous présenter ma femme. » Est-ce que j'avais vraiment le choix ? J'aurais pu lui dire : « Merci, non, c'est gentil mais la demi-heure que je vais perdre avec vous, je vais devoir la rattraper en transpirant un peu plus tout à l'heure ; et puis je crains de vous connaître déjà si bien. Ce sera tellement sans surprise, votre compagnie me semble plus ennuyeuse que celle des arbres. » Mais ça aurait été vexant, évidemment. Lebowski me suivait toujours, de plus en plus à l'aise, le Rantanplan. Alors – j'avais déjà oublié –, d'un signe du menton pour désigner mon chien doublé d'un haussement de sourcils qui se voulait embarrassé, Arnaud a ajouté : « C'est sans doute un oubli, mais je vous rappelle que le chien ne doit pas s'approcher de la maison. » En réalité, il m'adressait une sommation discrète, à la manière d'un adulte demandant à un enfant de ramasser une pièce tombée du porte-monnaie d'une vieille dame dans la queue à la boulangerie. L'homme donnait des ordres et entendait être obéi. J'ai remmené Lebowski au fond du parc et je l'ai rattaché à son arbre, puis je suis revenu sur la terrasse pavée, abritée du soleil par une tonnelle de vigne. Comme le reste, l'endroit était aussi harmonieux, aussi décontracté, aussi faux qu'une photographie de magazine de décoration. Un cruchon en céramique ocre était posé sur un muret de pierres sèches, il devait probablement contenir de l'eau fraîche que Perrette était allée puiser à la source.

Laure s'est levée pour me serrer la main, ou plutôt pour me laisser serrer la sienne ; j'aurais ressenti la même tonicité si j'avais serré la natte de ses cheveux qui pendait sur son épaule droite. Elle me sourit aimablement et me pria de m'asseoir sur un fauteuil de rotin tressé garni de coussins rayés. « Allez, un p'tit café ! » Arnaud se leva pour accéder à la cuisine d'été qui donnait sur la terrasse. Allons bon ! On est entre nous, pas de manières, on se débrouille, on va se faire un « p'tit café ».

Jean-Luc m'avait brossé, il y a longtemps, un portrait de ce couple étincelant. Jean-Luc était un pote et un collègue de la région qui avait travaillé chez eux. Ils ignoraient que je le connaissais, et que j'en savais un peu plus qu'ils ne l'imaginaient. Je savais qu'Arnaud était rédacteur en chef d'un magazine du week-end pour une grande chaîne de télévision.

Tous les ans, on annonçait la mort de la télévision, mais la vieille était coriace comme une baleine bleue, qui peut vivre plus de cent ans – or elle n'en avait que soixante-dix. Certes autour d'elle tournoyaient les réseaux sociaux, des bancs de maquereaux, les chaînes YouTube, des *fish-balls* délirants, et même de nouvelles plates-formes à péage, quelques épaulards qui prenaient de l'assurance, mais la vieille cétacé poursuivait calmement sa route océanique. Les vieux restaient bien calés devant elle (or tout le monde devient vieux), et Arnaud continuait à percevoir les primes que son émission ajoutait à son salaire déjà bien confortable.

Quant à Laure, elle enseignait l'économie à la faculté de Paris-Dauphine et à l'ESSEC. Leurs deux salaires cumulés pouvaient leur permettre de se fringuer italien, de rouler allemand et de voyager *cosmopolitan*, mais pas d'acquérir un tel domaine. Non, il venait de ses parents à elle, qui eux-mêmes en avait hérité, etc. Les gros patrimoines sont rarement le résultat d'une vie de dur labeur aux champs ou à l'usine.

Arnaud est revenu avec un plateau et trois expresso. « J'ai fait des *firenze arpeggio*, je ne vous ai pas demandé, pardon, j'espère que ça ira », a-t-il dit (en soignant son accent italien), essentiellement à l'intention de sa femme, mais tous les deux guettaient ma réaction du coin de l'œil. Le bouseux connaît-il les capsules

Nespresso ? J'ai hoché doucement la tête. *Firenze*, ça ira.

Je savais aussi qu'Arnaud et Laure avaient deux filles. La plus jeune, Amandine, celle qui a peur des chiens, avait seize ans, l'autre était plus âgée, plus de vingt ans en tout cas. Elle était partie de la maison.

Le café était explosif. C'est terrible à avouer, mais cette maudite multinationale suisse avait réussi à faire tenir une montagne péruvienne dans une capsule d'un centimètre cube. Ce qui me gâchait un peu le plaisir, c'était de voir Arnaud avec son pantalon de toile beige retroussé, les pieds bien écartés dans des sandales de marque, visiblement traumatisé par les spots publicitaires de George Clooney, et puis elle, assise bien droit, bien convenable, tenant sa tasse de thé comme si j'étais Élisabeth II, et m'évitant du regard comme si j'étais Pablo Escobar. J'ai tourné la tête vers le parc. Je ne voyais pas Lebowski, qui, lui, devait se tenir comme bon lui semble, autrement dit vautré tel le Dude canin qu'il était. Le parc était aussi nickel que les chromes de la vieille Citroën DS que j'avais entraperçue dans la dépendance près du portail. Je finis mon café aux arômes de forêt équatoriale du nord du Pérou, ces vallées dominées par la cordillère Blanche, ultimes sanctuaires de la planète, l'exact opposé de cet enclos de nature dressée à la trique, tondue à l'anglaise, taillée à la française, alignée comme une parade du Troisième Reich. « Vous savez, pour nous, ce potager, c'est un premier pas vers notre "reconversion", une forme de résistance au *collapse* général. Nous avons beaucoup réfléchi, notamment durant le confinement. » Laure avait parlé d'une voix très douce, en tenant sa tasse à deux mains sous son nez telle une geisha son bol de thé, tout en laissant son regard trouver l'inspiration dans le bleu du ciel.

Je hochais la tête en cherchant désespérément quelque chose à répondre, qui ne venait pas. Ces discours enflammés pour « repenser le monde d'après », je les avais entendus des dizaines de fois, et la suite aussi : « Et il n'y a pas que la terre… » avait ajouté Laure en me regardant cette fois dans les yeux d'un air qui m'a semblé étrangement triste. Après avoir laissé passer un silence qu'elle jugea digne d'une mûre réflexion, elle déclara : « En cas de catastrophe, ce sont les liens sociaux qui seront déterminants. » Elle n'a pas précisé « notamment avec les paysans ». Dans le coin, les agriculteurs sulfataient leurs parcelles dont on ne voyait pas le bout en larguant des cargaisons de glyphosate. Leurs tracteurs avaient plus à voir avec une escadrille de B-52 chargés de napalm qu'avec *L'Angélus* ou *Des glaneuses* de Millet. Et cette guerre-là n'avait pas cessé avec les accords de Paris en 1973, elle ne s'arrêtait jamais. Par ailleurs ces péquenots votaient plutôt Rassemblement national, ce qui était « la ligne à ne pas franchir » pour pouvoir discuter avec Arnaud et Laure. Bref, j'ai continué à me taire en hochant la tête d'un air pénétré. Ma composition de taiseux-proche-de-la-nature semblait leur plaire. Je représentais probablement le joint idéal avec ceux qui savent faire sortir quelque chose de terre dans l'hypothèse de plus en plus prégnante où les temps deviendraient difficiles.

« Nous n'imaginons pas pouvoir mettre en place une autosuffisance alimentaire avec ce carré mais… il est important que chacun apporte sa pierre à l'édifice n'est-ce pas ? »

J'échappais de peu au colibri de Rabhi dont on m'avait tellement rebattu les oreilles que je l'aurais volontiers explosé à la .22 et englouti en le tenant par le bec comme un ortolan. Laure aurait voulu que je développe un peu : que pouvaient-ils attendre de ce potager, en termes de « retour sur investissement » ? aurait pu dire la professeur d'économie.

« Quelques salades l'été, quelques soupes l'hiver. »

Ils me regardèrent avec une mine déçue. Moi je pensais aux minutes qui s'écoulaient, sans qu'un mètre carré n'ait encore été travaillé. Je sentais qu'ils attendaient que j'explique un peu plus, ce que j'avais déjà fait en long, en large et en travers avec Arnaud au moment du devis. Je laissais mes yeux parcourir l'étendue de gazon, d'un vert tilleul, rasée et irriguée comme un green de golf.

« Vous pourriez vivre à trois sur cette superficie, mais il faudra tout utiliser, cultiver des céréales, vendre la DS pour acheter un vieux tracteur de la même époque, aménager une basse-cour, une étable avec une ou deux vaches, une soue avec un cochon. Transformer la propriété en ferme. »

Cette fois ce sont eux qui hochaient la tête, ils laissaient leur imagination travailler, visualisaient cette transformation du domaine en images scolaires : « les animaux de la ferme ». Je les ai remerciés pour le café, et je me suis levé pour retourner à mon utilitaire et en débarquer non une vache, mais le motoculteur.

Lebowski, sans surprise, dormait. Coincé entre ses deux pattes avant, le bout d'os était prisonnier de la bête. Avec beaucoup d'imagination, quelqu'un, disons un homme préhistorique n'ayant pas connu la domestication des loups, aurait pu croire que l'animal avait dévoré un cerf dont il ne restait que cet os, conservé pour se faire les dents (un noceur repu s'accordant une petite sieste après un festin, son cure-dent entre les doigts). Je me suis attelé au motoculteur pour retourner le sol. Heureusement, aucun écologiste radicalisé dans les parages pour me voir enfreindre l'un des dix commandements de l'agriculture douce. Le plus dur restait à faire : j'ai compté, quatre-vingt-douze brouettes de pierres à transporter jusqu'à l'ancienne fosse condamnée tout au sud. De quoi bâtir une chapelle, au moins. J'ai fini éreinté. Je ne faisais plus de terrassement depuis mon opération du dos. Il a tenu, ça m'a suffi. Le carré était beau. Cette terre n'avait pas été dévitalisée et les vers étaient nombreux, mes plus fidèles ouvriers.

La journée s'achevait, le soleil vaporisait en mille rayons sa lumière jaune à travers les ramures des grands arbres, des chênes sûrs de leur suprématie ancestrale, quelques hêtres aristocratiques, quatre platanes monumentaux, des tilleuls innombrables, des marronniers placides et toute la plèbe des petits feuillus à bois tendre. Lebowski n'avait pas bougé d'un poil, mais il avait ouvert un œil. Le fauve sentait venir la faim. L'heure de se lever pour aller chasser le caribou, ou plutôt, une fois à la maison, attaquer la seule chose qu'il ait jamais attaquée : sa gamelle de croquettes.

Moyennant quoi, rentré chez nous, il n'avait pas lâché son os. Il le tenait coincé dans un coin de sa gueule comme un increvable mégot de Gitane maïs pendu aux lèvres d'un ouvrier à l'ancienne. Je l'ai attrapé. Il l'a retenu une seconde avant de desserrer les mâchoires pour me le céder. Il m'a regardé avec son air de bon copain, « OK je te le prête l'ami, je comprends que ça te fasse envie ». J'ai observé de nouveau la chose. Granuleux, plus brun que blanc, poreux comme une éponge. Je me suis souvenu de mes études d'ingénieur en travaux publics et de l'efficacité maximum de la structure alvéolaire. Et puis une drôle de question m'est apparue : à qui avait appartenu cet os ? Ce truc avait été enrobé de la viande d'un mammifère – pas un os de poulet, loin de là – et avait structuré une bête, un bestiau, avait joué son rôle de vérin de la locomotion, avait été vivant. Avait appartenu à un individu. De quelle espèce ? Je l'ai examiné sur toutes les coutures. Je n'ai pu que constater mon ignorance crasse en matière d'anatomie. C'était un gros os. Un fémur ? une tête de fémur ? une tête de fémur de quoi ? Je me suis demandé qui saurait. Gilbert, le boucher ? J'ai posé l'os sur une étagère de la cuisine. Lebowski le regardait, puis me regardait moi, alternativement, « Euh… c'est à moi quand même, t'oublies pas, l'ami ? ». Il a gémi à la façon de Chewbacca, il avait exactement la fourrure d'un Wookiee. Mais pas les mêmes compétences guerrières. Je l'ai nourri donc. Et j'ai dîné à mon tour. J'ai associé un truc surgelé à une salade de mon jardin, équilibrant l'empoisonnement industriel avec la déprime végane. J'ai parcouru les journaux, écouté distraitement une émission vide de sens, mais l'os me prenait la tête. Ce genre de petit détail sans importance qu'on aimerait ignorer mais qui revient sans cesse, encore et encore, jusqu'à ce qu'on le règle, un point c'est tout. Et même point à la ligne.

On est attablé à la terrasse d'un bon restaurant de bord de mer. Une table pour deux. Sur la gauche, le soleil a accompli sa plongée sous la ligne d'horizon et éclabousse les nuages d'une poudre orangée. Le vin blanc est floral au nez et frais en bouche. On écoute la femme qu'on aime parler des mystères de l'inspiration. Elle est passionnante. Mais. Mais l'employé qui a dressé cette table – un stagiaire sans doute – a placé la salière tout au bord de la nappe. Vraiment à ras du bord ! En fait il n'y a aucun risque qu'elle tombe, même en tapant sur la table avec les deux mains. Mais bon, une salière n'a pas à être aussi près du vide. Sait-on jamais ? Un geste maladroit et c'est la chute. On pense à ça ! Au lieu de célébrer les noces d'un moment de grâce. C'est résolument idiot. C'est absurde. Ça n'a aucune importance. Il faut quand même être capable de passer au-dessus de ces minuscules contingences ! Sinon on n'en sort plus. Tu parles, je veux, oui : plus on se dit ça, plus la salière devient le sujet le plus crucial de l'univers. L'harmonie de l'instant, les yeux de l'être le plus cher au monde, le système solaire, tout cela n'est rien comparé à cette maudite salière. Aucun espoir de vaincre le négligeable petit pot empli de fleur de sel marin. L'objet est maléfique, c'est Satan. Trop près du bord. *Ça stresse.* À mort. Le moucheron du lion de La Fontaine. Le mieux serait d'abandonner la partie, d'incliner la tête, « respect, petite salière, tu m'as fait mordre la poussière », de tendre la main, de ramener ce petit récipient un peu plus vers le centre, et de revenir à la vie normale. L'os, c'était cette salière.

Mais que faire ? Il ne suffisait pas de tendre la main pour le déplacer, il fallait le passer au spectromètre façon 007 pour un bilan ADN sans appel. J'ai mis de la musique sur la chaîne stéréo. Un disque, pour faire avec les fichiers MP3 la même chose qu'avec la junk-food surgelée ; ou avec le potager dans le parc de Laure et Arnaud : équilibrer, rééquilibrer le monde. L'oreille interne en l'occurrence. J'ai mis The National. Les meilleurs du moment. L'album *Trouble Will Find Me*, et le morceau « I Need My Girl » m'a soulagé. L'os s'est fait dégager du centre du ring. Lebowski, le Diogène des médors, n'avait pas fait tant d'histoires, il avait posé sa tête sur ses deux pattes avant dans une position qui pouvait laisser supposer qu'il boudait, mais non, je savais qu'il l'avait déjà oublié.

Je vis seul avec ce chien. Je ne suis pas malheureux. Ma bien-aimée, Claire, est partie en Bretagne, une sorte de séparation à l'amiable. On se revoit de temps à autre. Je n'ai pas d'enfant. Claire a une fille d'une vingtaine d'années, Maëlle, avec qui j'entretiens des relations plus qu'épisodiques. J'avais dû assumer la position de père de substitution au pire moment, en pleine adolescence, et ça ne m'avait pas réussi. Voilà. C'est tout. Quant à l'os, je vais le faire voir à Gilbert. Le boucher. Point à la ligne, le retour.

## Deuxième jour

Toute la matinée j'ai pioché, pelleté, et brouetté un paquet de mètres cubes de terre. À chaque brouette, je me maudissais de ne pas avoir demandé à Christophe de venir avec sa pelle mécanique, l'affaire aurait été réglé en deux coups de godet. Tant pis. À l'ancienne. Je ménageais mes disques lombaires en pliant bien les genoux, résultat, les muscles de mes jambes me brûlaient autant que ceux des bras, mais le pire dans l'effort n'est jamais la douleur. C'est la force mentale d'y résister, la volonté de poursuivre, l'abnégation. Je remuais la terre avec à peu près les mêmes outils qu'un paysan du Moyen Âge, j'étais le dernier maillon de l'interminable chaîne de la peine des hommes.

Vers 11 heures, la température a grimpé d'un coup. Je m'hydratais avec le tuyau d'arrosage tel un dauphin sur le brancard d'une clinique vétérinaire. Je me suis toujours senti plus proche de l'eau que de la terre, bizarrement. Je me suis souvent imaginé en marin frustré, mais je n'en sais rien en fait. J'ai pensé à la piscine d'Arnaud et de Laure, à cet écrin turquoise, là-bas, à deux cent cinquante mètres, environ. Il me suffirait de marcher une minute, d'ôter en route mon tee-shirt, de balancer mes chaussures de travail, de laisser tomber mon pantalon, de ne surtout pas prendre de douche et enfin de m'asseoir sur le rebord qui me brûlerait les cuisses pendant que le bain de pieds ferait remonter dans mes mollets la fraîcheur libératrice. Puis je me laisserais glisser dans l'eau bleue pour vivre l'expérience eucharistique d'une authentique renaissance. Le dauphin qu'on relâche dans les eaux transparentes du lagon.

Revenons à la réalité. Il me fallait creuser l'équivalent de plusieurs grandes pataugeoires, entre trente et quarante centimètres, y étaler des *liners* de carton, et les tapisser d'un mélange de bûches, de branches, de feuilles mortes, première couche carbonée du mille-feuille des buttes permacoles à venir. Quand ce serait fait, j'aspergerais le tout, je l'imbiberais, comme moi. L'eau et sa magie.

À côté de son écuelle d'eau tiédie, sous le même chêne qu'hier, Lebowski se tenait bien à l'ombre, bien au repos. Consigne essentielle par forte chaleur – économiser ses efforts, minimiser ses déplacements, ralentir ses gestes – appliquée à la lettre par l'animal prudent. Peut-être avait-il un peu de sang de saint-bernard suisse, ou de malamute d'Alaska, et qu'il faisait toujours trop chaud pour lui ? Quoi qu'il en soit, le quadrupède restait immuable, aussi inerte qu'une souche, ou presque, car il respirait fort. Ses côtes se soulevaient lentement à chaque inspiration, puis il soufflait d'aise à chaque expiration. Un cinéaste animalier qui l'aurait « casté » pour un documentaire sur les chiens, aurait eu à peu près autant de flair qu'un réalisateur qui aurait choisi de faire un film sur les ours durant la saison de l'hibernation. Ou alors un film expérimental ? Dans la lignée du *Sleep* d'Andy Warhol.

Je suis allé chercher sous les arbres des brindilles, des restes de feuilles, l'humus supérieur. Je remplissais par brassées une grande bâche verte quand j'ai découvert que la partie boisée du parc abritait un authentique petit étang. Un grand cercle d'eau verte. Les berges regorgeaient de prêles, de roseaux, d'iris, de cressons, d'acorus, la surface grouillait de lentilles d'eau et d'insectes par milliers. Les gerris, les fameux patineurs d'eau, enchaînaient leurs longues glissades saccadées sous la surveillance héliportée des libellules si bleutées qu'elles paraissaient électroniques. Quelques saules pleureurs trempaient leur chevelure tandis que sur les ramures des marronniers et des érables se reflétaient les incessantes fluctuations lumineuses des tremblements aquatiques. Des hommes sans doute avaient creusé cet étang et l'avaient probablement empoissonné. Mais aucun jardinier n'entretenait cet espace, et la nature faisait la démonstration de son implacable domination esthétique. Toute la propriété était tirée au cordeau, cisaillée et sécatorisée pour essayer de reproduire cet équilibre, en vain. Quelques canards étaient posés sur l'eau, petites bouées de plumes peintes par un maître flamand. Je pensais à l'autre flemme. Ce chien était donc un golden retriever. Golden pour la couleur dorée. Retriever pour son dressage d'origine : cette race avait été sélectionnée et dressée durant des générations pour rapporter les canards aux chasseurs écossais. Il était censé savoir se jeter à l'eau sur ordre, sans réfléchir pendant des heures, nager comme un terre-neuve pour traverser un loch glacé et rapporter un beau canard sauvage dans sa gueule sans l'esquinter. Avec cette chaleur, si j'amenais Lebowski ici, il pourrait à la rigueur s'aventurer sur la partie plane et fouler le sable, se tremper les pattes comme ces femmes en jupons sur les cartes postales anciennes des plages du Nord, mais pour aller plus loin, il lui aurait fallu être équipé, comme ces pratiquantes de marche aquatique en longe-côte d'aujourd'hui, d'un *shorty* en néoprène deux millimètres.

J'ai ajouté à l'humus du gazon frais que j'ai tondu loin de la maison, puis j'ai commencé à faire sortir de terre mes cinq buttes de dix mètres en les recouvrant d'un mélange de terre et de terreau fabriqué par mes soins avec du crottin de cheval. J'en étais au tiers, à peu près, quand Arnaud est venu me voir pour me dire qu'ils déjeunaient sur la terrasse sud et que je pouvais, si je le désirais, me joindre à eux. Il m'avait fait la même proposition la veille, que j'avais déclinée. Je l'ai remercié une nouvelle fois, je lui ai dit que j'avais un sandwich et que j'allais me débrouiller, ne pas perdre de temps. Comme j'ai baissé la tête vers mes mains, mes bras et mon pantalon encrassés de terre et de sueur, il a cru utile d'insister : « Ne vous en faites pas, c'est tout à fait sans façons, ça nous fera plaisir. » J'ai cédé. Sans doute pas la meilleure idée de ma vie. Toujours est-il que j'ai changé l'eau de Lebowski et que je me suis dirigé vers leur terrasse avec autant d'entrain que pour descendre au bloc opératoire.

Je me suis retrouvé, après m'être rafraîchi et lavé les mains, assis à leur table ombragée par un système de pergola rétractable, en toile écrue. J'étais assis à un mètre cinquante de la piscine. La surface projetait sur le fond émeraude le ballet des éclats de soleil que l'eau diffractait et réfractait en une pulsation irrésistible. Je me suis fugitivement demandé si leur invitation ne comportait pas une dimension perverse, une fourbe torture qui consisterait à ficeler un dauphin en plein cagnard à deux pas de l'eau. Mais ils ne pouvaient pas savoir, eux qui me prenaient pour un paysan des champs, un rustre à la rusticité rugueuse, un manant sec comme un sarment de vigne, à la peau de cuir tanné, qui se désaltère à la bière et se lave une fois par semaine, au mieux. Et puis je n'étais pas là pour faire des longueurs ou pour me laisser flotter sur un crocodile gonflable. J'avais apporté mon sandwich, et je me suis fait fort de le manger, malgré leurs protestations : « Non mais je vous en prie, servez-vous, prenez ce qui vous fait envie ! » J'ai goûté quelques-uns de leurs plats de crudités, de guacamole, de houmous, ce genre de trucs, mais j'ai fini mon sandwich, faut pas gâcher. Ça, ça collait bien avec l'étiquette. Et puis ils m'ont posé une question sur l'avancée de mes travaux, histoire de lancer la conversation, j'ai répondu que tout se passait bien et ils ont enchaîné. Laure a commenté un article qu'elle avait lu récemment dans un magazine à propos d'un jardinier révolutionnaire qui développait un concept de « jardin punk » qui laissait la nature entièrement libre de ses mouvements et intervenait aussi peu que possible, ne fauchant que quelques passages dans les friches et les hautes herbes. « C'est fascinant, et très beau. » J'ai pensé que le gars était un malin, car il n'y avait pas beaucoup de place pour les feignasses dans ce métier ; il s'était fait la sienne, ça ressemblait à une blague qui a été prise au sérieux, mais je n'ai rien dit. Arnaud a évoqué la pente naturelle de la nature sauvage qui finit toujours par recréer un écosystème équilibré et autosuffisant. Comme il fallait quand même que je dise quelque chose de temps en temps, j'ai précisé, un peu mécaniquement, que pour cela il y avait quelques contraintes, de temps et d'espace. « Une forêt doit avoir une certaine dimension pour constituer un système cohérent. »

Je ne sais pas pourquoi, de plus en plus souvent, les gens m'ennuient, surtout les gens intelligents dont la conversation me paraît réserver à peu près autant de surprise que ce que l'on s'attend à découvrir en cassant un œuf. J'ai l'impression de moins m'ennuyer en regardant voler une libellule ou dormir mon chien. Arnaud est parti dans une de ses envolées dont je l'imagine coutumier. Il nous a exposé toute une théorie, qu'il qualifiait d'héritage de Montaigne, sur les leçons de la nature. Elle nous permettait, disait-il, de comprendre la manière dont toute civilisation devait parvenir à ce point d'équilibre entre le laissez-faire/laissez-aller libéral, qui produit l'envahissement du lierre et des mauvaises herbes, et le *control freak* des régimes totalitaires, soviétiques ou chinois, qui produit cette rigidité des jardins à la française plus proches d'une parade nazie (voilà un client qui lit dans mes pensées) que d'un hymne à la nature. Les Asiatiques – les Japonais en particulier – l'ont compris mieux que nous, précisait-il en guise de conclusion provisoire.

En théorie, bien entendu, il avait raison, l'équilibre, le centre, l'harmonie, la mesure, la sobriété, la sagesse épicurienne. Mais il ne me convainquait pas, pas du tout. Depuis le salon, des enceintes, sans doute hors de prix, susurraient une musique électronique sophistiquée, dans cette même tonalité du raisonnable, du pondéré. Et je n'avais qu'une envie : aller virer cette merde, dénicher un album des Sex Pistols et monter le volume à fond pour voir ce que ces enceintes avaient dans les tripes, revenir en hurlant « *God save the queen, the fascist regime* » et me jeter tout habillé dans leur piscine aseptisée. La vache, j'avais encore du boulot. Je n'ai rien fait de tout cela, j'ai fait ce que tout le monde aurait fait : j'ai mollement approuvé d'un hochement de tête le discours consensuel d'Arnaud.

Tout en picorant les plats et en sirotant leurs citronnades, ils se sont mis à commenter l'actualité ; c'était son métier, à lui. Avec la pioche ou l'arrosoir, j'étais à la manœuvre, mais pour ce qui était de la marche du monde, j'étais prié de le laisser gérer. Donc tout y passait, les tensions sociales et internationales, le climat et la biodiversité, et puis, au-dessus de tout, plus important que tout, leur fille, Amandine. Nul besoin d'être docteur en psychologie familiale pour comprendre que cette gamine était le centre galactique de leur univers. « Oh vous la verrez bientôt, enfin aujourd'hui elle est au club d'équitation… C'est bien simple, elle vit là-bas pour ainsi dire », a ajouté Laure avec un petit rire étouffé. Un rire mystérieux à mes yeux car je ne comprenais pas ce qu'il y avait de drôle.

« Elle veut être inspectrice des finances… » m'a lancé tout à trac Arnaud, partagé entre la tonalité un poil puérile de revendiquer une telle ambition (elle ne dit plus « président de la République » comme quand elle avait cinq ans, mais l'idée est là) et la fierté mal dissimulée d'avoir engendré une de nos futures dirigeantes, susceptible d'améliorer le sort de la multitude, le fonctionnement de nos institutions, voire la rotation de la Terre.

« Elle a des frères et sœurs ? ai-je demandé innocemment.

– … »

*(Un blanc qui dure.)*

« Elle a une grande sœur », m'a finalement répondu Laure. Elle avait dit ça d'une drôle de manière. À la fois très sèche, comme si j'avais commis – entre nous pas étonnant de la part du plouc – une impardonnable faute de goût en lui demandant combien coûtaient ses pompes d'été italiennes ou sa coupe de cheveux signée

Paris-rive-gauche, mais aussi avec une petite pointe de désespoir, comme si elle annonçait à sa divine fille la mort du petit poulain que l'on venait de lui offrir. C'était très bizarre.

Je l'ai déjà dit, je savais par Jean-Luc qu'il y avait en effet cette autre fille, plus âgée, et bizarrement toujours absente. « C'est notre caillou dans la chaussure », a repris Laure, comme si la réponse lui avait échappé. L'expression en effet était un brin populaire, j'aurais pu dire ça, on attrape ce genre de petit caillou quand on travaille la terre. Et puis un soupçon ridicule. Mais c'est ce qu'elle a dit. Cette grande fille était un petit caillou. Arnaud a changé de sujet, je ne me souviens plus de quoi il a parlé, de l'avenir du transport aérien peut-être ou d'un potin sur une présentatrice de journal télévisé, j'ai oublié. J'ai bu un grand verre d'eau, j'ai refusé le café, et je suis retourné au boulot.

Le soir, j'ai laissé Lebowski sur le siège passager de ma camionnette et je suis passé chez Gilbert, le boucher. Pour une fois l'animal se tenait assis dans une position relativement honorable, il regardait droit devant lui à travers le pare-brise, très concentré, tel un général dans un command-car, examinant la topologie du champ de bataille avant l'affrontement imminent.

Dans la boutique, j'ai fait semblant d'hésiter pour laisser passer un gars qui me collait aux basques, or je voulais être un peu tranquille avec Gilbert. Bien mal m'en a pris : le type a pratiquement voulu acheter tout le stock. Et trois tournedos, et une entrecôte double, et deux steaks dans l'araignée, et puis tiens, un morceau de rosbif. Une terrine de campagne ça me changera un peu, et un morceau de saucisse de Morteau on se laisse tenter, et et et, le gars ne s'arrêtait jamais. Tandis que

Gilbert pesait et emballait, le type inspirait par le nez en mettant sa bouche en avant, et dès que son regard s'arrêtait sur un truc qui le mettait en appétit, il achetait. Soit il nourrissait une ménagerie de fauves dans son sous-sol, soit il était cuisinier dans un restaurant qui s'appelait *Le carnivore*, soit il venait de se séparer de sa femme végane qui le brimait depuis dix ans, et avait pour fêter l'événement décidé de claquer son salaire du mois. Gilbert me lançait des clins d'œil, il faisait sa journée le bougre, et même sa semaine. Le gars a carbonisé sa carte bleue et est ressorti avec deux sacs contenant l'équivalent d'un demi-bœuf.

Gilbert s'est frotté les mains et a clamé à la manière des bouchers : « À toi de jouer, mon pote ! » Il a fait un signe de tête vers le client qui s'éloignait sur le trottoir : « Tu relèves le défi ? Ou tu te couches avec une petite aile de poulet ? – Avec ce que tu viens de ramasser, tu peux même m'offrir la volaille en entier ! » La sonnette a émis son *ding-dong* à l'ancienne et deux vieilles sont entrées. Ça m'a un peu agacé, j'ai baissé d'un ton, et pendant qu'elles examinaient l'étal en se penchant pour vérifier qu'une mouche n'aurait pas par hasard pondu quelque part, j'ai sorti mon os d'un sac en papier.

Gilbert a examiné le reste de tissu solidifié de ce qui avait donc été, un jour, un truc vivant. Il avait son fameux petit sourire en coin. Il est vrai que la situation, avec les deux mamies dans mon dos, ressemblait à une mauvaise scène d'un film policier d'avant guerre : un homme va chez son boucher pour identifier un os retrouvé dans son jardin… « Trop long pour du cochon, trop petit pour une vache, ça pourrait être du veau. Peut-être. T'as trouvé ça où ? – C'est mon chien. – Dans ton jardin ? C'est pas ta belle-mère par hasard ? » Il n'a pas pu s'en empêcher. Les deux petites femmes se sont recroquevillées un peu plus, elles ont fait mine de ne pas avoir entendu, on ne fourre pas son nez dans les affaires d'autrui. Mais Gilbert, hilare, passait une deuxième couche en sifflotant : « Méfiez-vous de ce gars-là, mesdames, il enterre les macchabées au fond de son jardin. » Les deux clientes ont fait de drôles de mimiques, car elles s'efforçaient de sourire aux bonnes blagues du boucher tout en ayant du mal à se départir de leur petit air pincé. Je lui ai acheté du steak haché, ça ira bien comme ça.

Dans la camionnette, Lebowski avait laissé tomber sa pause de statue martiale pour s'étaler sur toute la largeur, le Churchill à poil jaune devait être un truc gonflable qui s'était percé. J'ai dû le pousser des deux mains pour pouvoir m'asseoir au volant.

J'ai fait cuire la viande hachée avec du riz. Je me suis mis à table avec une assiette pleine qui, pour un chien, représentait un plat gastronomique deux étoiles Michelin. Ça n'a pas échappé à l'ours domestique blond ramolli de la cuisse. Il ne m'a pas lâché des yeux pendant que je mangeais, en prenant un air accablé, émettant un discret gémissement de temps à autre : pitié, je n'ai rien avalé depuis des jours… et mon maître me martyrise.

J'ai fait la vaisselle, j'ai appelé en Bretagne. Tombé sur le répondeur. Laissé un message.

Je sais que, si on veut lire, il ne faut pas allumer d'écran, erreur fatale, commise ce soir-là comme cela m'arrivait parfois. J'ai mis le nez dans la *free-base* que sont les réseaux sociaux. J'avais compris il y a longtemps que ce truc accrochait ses *addicts* comme la blanche, alors je me tenais prudemment à distance.

Je m'étais désabonné des frénétiques du tweet et du post qui se répartissent en trois catégories. Les « ce gouvernement est une honte pour notre pays » qui commentaient chaque actualité à la manière d'éditorialistes d'une chaîne politique qui n'aurait eu pour auditoire qu'eux-mêmes ; les « fallait bien que ça arrive » qui faisaient suivre des blagues déjà vues comme une chaîne d'ouvriers vidant un camion de parpaings, et les « ma louloute » qui exposaient les gâteaux d'anniversaire ou leurs selfies de vacances en Sicile. Mais c'est comme les mouches en été, il y en a toujours une qui finit par entrer dans la pièce pour cogner sans relâche contre la vitre. Ce jour-là, c'était un certain Thierry Cosse, un *ami inconnu*, ces deux mots à eux seuls résumant l'aporie ultime de Facebook. « Tom Cruise en visite au GIGN à Versailles. » Tu tombes bien, Thierry Cosse, je n'ai strictement rien à faire de cette information, mais, par un sortilège mystérieux, ou bien parce que tout vaut mieux que rien, mieux que de regarder dans le vide en attendant la mort, l'unique certitude, bref, pour toutes ces bonnes raisons, j'ai décidé, Thierry, de me pencher sur ton cas. D'abord, comment tu sais ça ? Hein, Cosse ! Comment sais-tu que Tom Cruise est à Versailles ? Tu étais là-bas ? Hum ?... Comme par hasard... Ça semblait exact puisqu'il y avait une photo. Ah ah ! mais voilà ! Je comprends mieux. La photo était issue d'un blog, elle n'était évidemment pas de lui. Thierry n'est qu'un relayeur de parpaings. Ces types sont abonnés à tous les sites possibles et imaginables, et passent leurs vies, tels des exégètes de la nouvelle Torah mondiale électronique, à décortiquer les signes, à interpréter les informations, à alimenter la prière permanente des croyants, chacun confiné dans son alvéole de la matrice, et tous prosternés devant leur écran. Bon, en même temps, Tom Cruise en « visite technique » au GIGN pour son prochain film : un, ce n'est pas très surprenant ; deux, *je m'en balek*, comme disait Maëlle. Mais il faut toujours de longues minutes pour en prendre conscience ; des minutes évaporées dans le néant, plus inutiles que le sommeil, que la rêverie, qu'une journée de Lebowski.

Dans la deuxième catégorie, celle des « penseurs », il y avait un post d'Aurélien Pelletier qui s'insurgeait de nouvelles violences policières à l'occasion d'une manifestation à Toulouse. Je ne sais pas pourquoi, quand je lisais ces messages de protestation électronique, je pensais à la messe à laquelle ma mère m'a obligé à assister jusqu'à ma première communion. Et les fidèles qui reprenaient tous en chœurs « amen » aux prières du prêtre. Il fallait prier pour les malades, les morts, les pauvres et les pécheurs (que j'ai longtemps pris pour les « pêcheurs », persuadé que le curé était un fondu du moulinet), et ensuite on irait à la boulangerie-pâtisserie pour acheter des éclairs et des paris-brest pour le dessert. Bref Aurélien était furieux et se disait inquiet pour la démocratie. Heureusement qu'Aurélien, et tous ses semblables, était là pour éclairer notre ténébreuse ignorance. Finalement, le monde avait quand même un semblant de cohérence. Des manifestants (dont on se demandait bien, entre nous – puisqu'on n'expliquait jamais vraiment leurs motivations –, ce qui les poussait à aller se faire massacrer en masse comme des légionnaires dans *Astérix*) manifestaient, des policiers les tabassaient méthodiquement tels des forgerons à la tâche, et enfin, plus nombreux que les premiers, des essaims de lanceurs d'alerte autoproclamés protestaient en tapotant sur leur clavier. J'ai vu l'autre jour une photographie de Mark Zuckerberg avec notre président de la République. Ils se souriaient. Et ce sourire m'a semblé tout expliquer, toute la cohérence de ce système. J'ai claqué l'écran de mon ordinateur. En entendant le *clac*, Lebowski a ouvert un œil. On ne sait jamais : je pouvais très bien me lever et lui lancer un morceau de pain ou un reste de quelque chose. Mais je restais assis.

J'ai repensé à Jean-Luc. Il avait été de toutes les manifs, depuis la loi Devaquet jusqu'à l'agitation mondiale dans le sillage des *Indignados* de Madrid et d'*Occupy Wall Street*, en passant par les grandes grèves de 1995 et les innombrables processions contre les incessantes réformes des retraites. Peu de temps avant de disparaître, Gilet jaune avant l'heure, il avait écopé d'une grenade de lanceur de balle de défense tirée froidement en tir tendu. Pleine balle sur l'arcade sourcilière. Ses compagnons avaient photographié son visage couvert de sang et cette plaie noire sur la tempe. Il en avait gardé une cicatrice et une sorte d'à-plat sur le côté du front. Les femmes avaient appelé Jean-Luc le « beau brun », puis le « beau gosse » toute sa vie. Ce drôle de choc avait déséquilibré son visage. Est-ce que c'était ça qui l'avait fait fuir ? Nouveau visage, nouvelle vie ? C'est un peu con, mais bon, va savoir ?

Lebowski a grogné, il rêvait. J'imagine. J'espère. Qu'il vit sa vie dans ses rêves. Sinon, il n'a pas de vie.

# Troisième jour

Je finissais ma première butte, j'étais en train de la pailler quand elle est arrivée. Elle s'est arrêtée à une dizaine de mètres et m'a observé un moment, sans un mot, sans un signe de tête. J'ai déposé mon sac de paille de lin et je me suis approché d'elle.

« Bonjour.

– Bonjour. »

Elle m'a répondu d'une voix claire et enjouée, sur un ton affable et souriant. Elle était aussi blonde que sa mère et aussi sûre d'elle que son père. Elle n'était ni jolie ni ingrate, assez quelconque, mais son regard était de silex. Elle m'a dit qu'elle venait me voir pour formuler une requête. « Je t'écoute », j'ai dit. Alors elle a jeté un coup d'œil vers Lebowski affalé au loin sous son arbre et elle m'a expliqué très posément que la présence de ce chien dans la propriété la perturbait. Elle a laissé passer un silence, et puis elle a ajouté qu'elle exigeait qu'il ne m'accompagne plus à compter de ce jour. Elle « exigeait ». J'ai fait quelques pas dans sa direction pour lui demander, sans avoir à forcer ma voix, si elle avait mis son père au courant de sa démarche. Comme elle ne me répondait pas, je lui ai expliqué que cette question avait été discutée avec lui et que, si elle voulait remettre en cause notre arrangement, elle devait voir ça avec lui, puisqu'il était mon client, et donc mon unique interlocuteur. Enfin, j'ai ajouté que, si mon chien était désormais interdit de séjour, le chantier s'arrêterait sur-le-champ et qu'il faudrait quelqu'un d'autre pour le finir, à moins qu'elle ne veuille le faire elle-même, ai-je ajouté pour conclure. Elle m'a observé sans ciller, intéressée, un peu comme une zoologiste devant une variété de primate inconnue : un jardinier doué de la parole. Puis, finalement, comme si cette découverte la réjouissait, elle a eu un sourire discret et m'a demandé soudain avec une aimable légèreté si je voulais me joindre à eux pour le déjeuner. « Ma mère est absente, je suis seule avec mon père, et il a pensé que ce serait intéressant pour moi de vous rencontrer. » Cette petite insolente piquait ma curiosité, j'ai accepté son invitation.

Je suis retourné à la camionnette pour décharger la barrière de bois clair qui devait enclore le potager. Je n'avais pas bien compris pourquoi, étant donné qu'ils n'avaient pas de chien et n'étaient pas près d'en avoir, et que tous les autres animaux, oiseaux, chats, renards, hérissons et autres fouines franchiraient l'obstacle sans même y penser. Tous ces animaux ne représentaient pas de danger pour les tomates, salades, courgettes et autres fruits et légumes qui craignaient plutôt les insectes, les limaces, des animaux plus indifférents encore à cette petite barrière de conte pour enfant. C'était d'ailleurs l'explication de leur souhait : il s'agissait d'un élément de décor, rappelant vaguement le potager de la reine au Petit Trianon de Versailles qui devait, lui, accueillir (d'où l'utilité de la barrière) la basse-cour des gallinacées récurées, lustrées et le cochon astiqué du groin à la queue. Lebowski se grattait le dos en se roulant d'un flanc sur l'autre, agitant mollement ses pattes pour accompagner le mouvement. Il avait l'air très fier de lui, persuadé d'accomplir un exploit de gymnastique.

Je l'ai libéré de sa laisse pour qu'il baguenaude un peu alentour. Il est allé renifler de-ci de-là. Comme je me demandais pourquoi je faisais ça, il m'est venu l'idée que c'était, même à distance, même sans qu'elle le sache, pour faire suer la future inspectrice des finances publiques. Non seulement j'amenais mon chien, mais en plus je le lâchais dans la propriété, un fauve en liberté. Je me plaisais à regarder la grosse masse jaune, couleur lion en effet, vivre sa grande vie sauvage dans les bois… Certes il n'avait pas la démarche souple, ondulée, silencieuse, fléchie, féline en un mot, il avançait dans les feuilles mortes décomposées et les branches cassées plutôt comme un hippopotame qui patauge dans la boue, mais bon. Il a levé la tête, sa belle tête de bon chien, il captait une odeur portée par le vent, venue de loin. L'appel de la forêt ? Même pour Lebowski ? J'avais du mal à y croire, je ne lui faisais pas confiance. Mais peut-être étais-je moi-même la cause de son état. On dit que les tares des chiens proviennent fréquemment d'une relation frelatée avec leur maître. Et si je l'avais surprotégé ? La réponse ne nécessitait pas de longues séances de psychologie canine : non.

J'ai levé la tête vers les cimes, agitées par une brise bien établie qui semblait balayer le paysage, le purifier par bourrasques, l'oxygéner par rafales, le rafraîchir à la manière d'un puissant ventilateur céleste. Tout allait bien.

J'ai rattaché le lion de salon. J'ai transporté et commencé à installer les éléments de ma barrière, non pas trouvés dans un village de Hobbits, mais chez Jardiland.

Quand je suis arrivé sur la terrasse sud, il n'y avait personne, j'ai dû sonner à la porte, et j'ai entendu la voix d'Arnaud à l'intérieur : « Entrez ! Entrez ! » Je suis donc entré dans la grande bâtisse, dans ce qui aurait pu être une catastrophe architecturale, un château bâtard, mi-manoir médiéval, mi-villa Getty de pacotille, mais qui était, « faut pas se mentir » comme aurait dit Maëlle, une construction splendide. Il faisait déjà trop chaud sur la terrasse, m'ont-ils expliqué plus tard. L'intérieur au contraire était frais comme celui d'une église. Pour la première fois, je franchissais le seuil de la demeure des maîtres. Dans le vaste vestibule aux murs ornés d'un subtil mélange d'ancien et de moderne : une tête de jeune cerf empaillée et une œuvre suspendue d'art contemporain, de vieux tableaux et des photos récentes. J'ai eu une pensée fugace pour tous les pauvres hères des siècles passés qui avaient dû me précéder dans cette pièce, tous ces jardiniers, paysans, ouvriers ou artisans, qu'on faisait aimablement entrer ici et les y faire patienter, pour une entrevue, un paiement, une consigne ; et qui avaient attendu là, la casquette sous le coude, qu'on daigne leur accorder quelques secondes. Les temps avaient changé, du moins dans les formes. J'ai laissé mes yeux s'accoutumer à l'obscurité et mon regard parcourir les photographies. Des paysages, des portraits, des souvenirs de tournages, de voyages, la plupart en noir et blanc, la plupart assez belles, mais toutes manquant de cette petite étincelle mystérieuse qui fait les grandes photos. Il y avait aussi des souvenirs de vacances ou d'événements familiaux, Amandine y figurait sous toutes les coutures, riant, posant ou trônant aux avant-postes telle la reine d'Angleterre sur une photographie officielle de la *royal family*. J'ai continué à passer en revue les images, cherchant, en vain, à repérer la grande sœur absente. Jusqu'à un cliché posé parmi d'autres sur une sorte de secrétaire en merisier. Une petite photographie en couleur sur laquelle Arnaud, au centre, tenait Laure et Amandine par les épaules. Aux côtés d'Amandine, encore petite – elle doit avoir six ou sept ans – une adolescente toute fine lui tient la main mais elle semble vouloir sortir du cadre de la photo par la droite. Les trois du milieu sourient comme des chevaux dont on a frotté les gencives au citron, mais elle non, elle n'accorde qu'un demi-sourire interrogateur. Les trois se tiennent bien droits et face à l'objectif, une première ligne de rugby avant l'entrée en mêlée ; elle, à droite, est tournée sur le côté et ses pieds sont croisés. D'après moi et mes interprétations fumeuses, cette petite silhouette en déséquilibre me paraît être le seul élément intéressant de tout cet étalage de photos aux cadrages nickel et aux lumières éblouissantes : ces montagnes, ces déserts, ces concerts, ces spectacles, ces faux éclats de rire, aussi pompeux et poussiéreux que ces toiles marines du XIX^e siècle qui, elles, ont réellement accueilli les paysans d'antan, avec leur béret à la main.

Arnaud a surgi, un torchon sur l'épaule, et m'a invité à traverser la pièce pour m'accueillir dans la cuisine, signe de mon intégration progressive à leur intimité. Arnaud était fidèle à lui-même, affichant la décontraction du gars-à-qui-il-en-faut-beaucoup-avant-de-l'inquiéter, de le stresser, ou de l'émouvoir, un gars-qui-en-a-tellement-vu tout autour de la planète que bon-tu-vois-le-truc-quoi. Il portait une chemise de lin fine comme une feuille de tilleul, ouverte sur son torse, les manches retroussées, un immense bermuda de toile rouge brique, et des tongs orange vif qu'il laissait traîner et chuinter sur les grandes dalles brunes du sol. Il se déplaçait en occupant un maximum d'espace, marchait avec les pieds légèrement en canard, avait attaché ses cheveux longs avec une sorte de barrette en bois. Le tout faisait penser à un artiste qui tient à faire savoir qu'il l'est, ou à un personnage aseptisé de feuilleton du soir à la télévision française en couleur. Il m'a proposé une bière, genre entre hommes. J'ai décliné. J'en avais marre de dire oui à tout.

Il m'a aussi proposé de m'asseoir sur un tabouret de l'îlot central de la cuisine qui, à lui seul, devait, chez moi, correspondre à la surface de ma cuisine entière. Il a posé une grande salade mélangée et a découpé avec un couteau japonais des tranches d'un jambon sur l'os dont il m'a vanté l'origine incomparable : « Pata negra Bellota, du pays Basque, vous m'en direz des nouvelles ! »

Amandine s'est servie et s'est mise à manger. Les codes et les formules avaient, eux aussi, passablement évolué entre ses murs : on était passé du bénédicité et personne-ne-touche-à-son-assiette-avant-le-signal-du-maître-de-maison de la bourgeoisie catholique au self-service décontracté des séries américaines. Je supposais, néanmoins, qu'ils avaient conservé, pour leurs réceptions avec d'autres que le simple jardinier, les codes aristocratiques. Amandine a commencé à commenter l'actualité, puis a demandé à son père s'il avait entendu la déclaration du ministre des Affaires sociales. Elle le regardait avec des yeux malicieux et j'ai compris qu'il s'agissait entre eux d'un petit jeu taquin : papa avait-il fait son devoir de bon petit reporter en écoutant la radio et en lisant les journaux du matin, sur sa tablette ou son téléphone ? Ainsi se sont-ils mis à passer en revue différents sujets. Est-ce qu'ils faisaient ça tous les jours ? Ou bien, même devant le jardinier, leur fallait-il briller coûte que coûte ? Entre deux commentaires, Amandine m'a demandé en passant, l'air de rien, si je m'intéressais à l'actualité. Je l'aurais bien giflée, mais son père aurait-il compris, voire (si son humour allait jusqu'à l'absurde, ce qui n'était pas gagné) apprécié, mon geste répréhensible, et puni par la loi ? Dans le doute, je lui ai répondu que je m'intéressais à certains aspects de l'actualité, à la météo par exemple. Elle était si maligne qu'elle a perçu une pointe d'ironie, mais elle a préféré en rester au paysan qui s'intéresse au temps qu'il fait.

Elle m'a proposé du Coca et, en même temps, Arnaud m'a présenté son plateau de fromages ; ça se déconstruisait salement mais ils semblaient partager un même objectif : me gaver. De nourritures physiques et de nourritures intellectuelles. Je devais, je suppose, leur en être reconnaissant. Amandine évoquait des manifestations en Pologne et l'exacerbation (c'est le mot qu'elle a employé, je crois qu'à son âge, seul mon corps exacerbait des trucs dont mon cerveau ignorait le concept) des tensions nationalistes au sein de l'Union européenne. J'ai regardé son père, il inspirait pour mettre en ordre ses idées et lui apporter une réponse digne d'un rédacteur en chef renommé de la presse nationale. Peut-être éprouvait-il, comme moi, un regret fugitif de ce temps où les enfants devaient se taire à table. Comme pour la gifle, ce n'est pas certain, pas du tout. Au contraire, il a trouvé avec sa fille ce partenaire qu'on cherche tous, celui qui sait écouter, nous relancer, dont on apprécie les talents puisqu'ils restent dans les limites acceptables pour ne point nous écraser. Ainsi s'est-il élancé à la manière d'un plongeur de haut vol dans une éloquente arabesque narrant l'affrontement entre l'indispensable construction européenne – pour faire face à la Chine notamment – et le cloaque des cyniques qui exploitent les bas instincts xénophobes. Et il enfonçait son clou avec ses phrases que l'on entend à la radio depuis que je suis jeune, pour dire que ce n'est pas d'hier. « Le populisme se nourrit de cette peur de l'étranger entretenue depuis si longtemps. Cette civilisation judéo-chrétienne ne supporte pas d'être concurrencée par l'islam, c'est absurde, mais c'est plus fort qu'elle. Et nous risquons en effet l'explosion. Le Brexit menace de faire des émules. Que les Anglais nous montrent la voie, ça c'est le comble. » Pourquoi cette aversion pour les British ? Je me suis dit qu'Arnaud, ne serait-ce que pour se distinguer des supporters de foot, devait aimer le rugby. On aurait pu en faire un bon sujet de conversation entre nous, mais je ne m'y suis pas attardé et je me suis plutôt permis de préciser que la cause principale de ce rejet, de la part des classes populaires anglaises, concernait surtout la main-d'œuvre en provenance des pays de l'Est. Sans trop de rapport avec l'islam.

Il y a eu un silence. Un silence qui témoignait de leur surprise. J'ai ajouté : « En France, on commence à le constater aussi, du moins pour ce qui concerne l'artisanat du bâtiment, et les espaces verts… » Le silence, de surpris, est passé à gêné. Pour finir de planter mon clou en trois coups de marteau, je lui ai demandé si ça allait, « en ce qui concerne la rédaction en chef à la télévision ». S'ils n'étaient pas trop concurrencés par la main-d'œuvre étrangère en général. De gêné, le silence s'est approché du scandalisé, je devenais un de ces fascistes qui ne comprenaient rien, pas même qu'ils l'étaient. Je n'ai pas voulu changer de sujet, qu'ils se débrouillent, le silence a duré encore un peu, j'ai mangé du jambon. De fait il était excellent, autant en profiter, ce serait sans doute la dernière fois que je mangerais avec eux. Et tant mieux.

Petite fille bien élevée, Amandine a relancé la discussion en parlant des taux d'intérêt ! Il est vrai que pour être inspectrice des finances, il valait mieux être banquière que jardinière. Je n'ai plus dit un mot sur ces sujets géopolitiques qui nous enlisaient dans une conversation aussi passionnante qu'un spot officiel de la campagne électorale de l'UDI.

Gentiment, elle m'a encore proposé une glace. On ne se fâche pas lorsqu'on est élégant, on répudie en douceur. Elle m'a dit : « Mais il n'en reste qu'au chocolat blanc, du coup je ne sais pas si… » Je l'ai remerciée avec la même hypocrisie. L'hypocrisie est beaucoup plus simple à acquérir que la franchise. Comme elle ne prenait pas de glace non plus, j'en ai même rajouté une louche en lui disant qu'elle ne devait pas se gêner pour moi et se priver d'en prendre si cela lui faisait envie. « Non, c'est trop sucré », a-t-elle tranché sur un ton sans appel. Comme je la regardais, un peu perplexe, elle m'a précisé qu'elle avait décidé qu'elle vivait pour apprendre, pour s'améliorer, pour augmenter ses performances… et certainement pas pour se faire plaisir. « Ça, on verra plus tard », a-t-elle conclu. Oui, mais quand ?

Avec ses fameuses tongs orange, il se confirmait que les pubs Nespresso avaient fait pas mal de dégâts chez Arnaud. Le truc pourtant datait de plusieurs années, mais, visiblement, il en conservait quelques séquelles. Il m'a tendu une tasse de café en commentant encore les délices insoupçonnés que contenaient ces maudites petites capsules d'aluminium. « Une catastrophe écologique, je sais, le plaisir de l'interdit ?… » m'a-t-il glissé avec un clin d'œil. Le père et la fille avaient dû se lancer un nouveau défi secret : nager dans leurs contradictions, car Amandine, de son côté, après son discours antisucre, croquait du chocolat. Il était incontestable qu'elle possédait un certain nombre des qualités requises pour envisager de faire de la politique. Elle me regardait avec un regard mi-amusé, mi-provocant. Je mettais volontairement les pieds dans le plat de notre première petite confrontation en lui parlant de Lebowski. Je lui expliquais qu'il était, à lui tout seul, un remède universel contre la phobie des chiens. Qu'il était une bonne occasion pour elle d'éradiquer cette petite faille, mais elle a refusé en me disant que, comme elle me l'avait déjà signifié, la seule présence de cet animal dans la propriété l'angoissait profondément. J'ai pensé qu'elle devait considérer cette faiblesse comme la touche finale qui ne faisait que parfaire sa perfection, un petit grain de beauté soulignant l'harmonie d'un visage.

Pour finir, ils m'ont demandé si je partais en vacances cet été. J'ai répondu que je faisais de temps en temps des escapades en Bretagne mais que rien n'était décidé. Je leur ai retourné la question et ils m'ont répondu qu'ils partaient en Corse en août, « comme chaque été ». Je ne connais pas la Corse mais j'ai joué à celui qui connaissait, j'ignore pourquoi, sans doute une subreptice contagion de mondanité. Ils m'ont répondu qu'ils possédaient une maison sur la côte de la Balagne. J'ai hoché la tête en prenant l'air du type qui apprécie en connaisseur. Il faudra que je regarde où se situe cette foutue Balagne. Comme ce mensonge ridicule m'agaçait moi-même, je me suis mis à disserter sur les vacances qui permettent parfois, dans nos vies débridées (pas la mienne), aux familles de se retrouver. Et j'enchaînais en leur demandant s'ils partaient tous les quatre. « Tous les quatre ? » Il y avait deux absents dans cette cuisine qui posaient problème : Lebowski, et cette mystérieuse fille aînée. Et Lebowski n'était, pour une fois, pas le problème. Arnaud a inspiré puis avalé la dernière gorgée de son

Nespresso avant de me dire qu'ils y allaient tous les trois. Cette fois c'est moi qui ai laissé filer un silence et puis j'ai décidé non plus seulement de mettre les pieds dans le plat mais de le piétiner avec mes bottes crottées, tant pis, fallait pas inviter un manant à sa table. J'ai demandé à Amandine comment s'appelait sa grande sœur, et ce qu'elle faisait. Elle a pincé les lèvres en plissant légèrement les paupières. J'imaginais que dans certaines familles corses du temps jadis, ce regard aurait été accompagné d'un poignard dans le ventre. Elle a dégluti un peu de chocolat et elle m'a répondu froidement, comme on décline une identité à un policier : « Jeanne. » Puis elle m'a précisé « demi-sœur ». Rien de plus. J'ai de nouveau insisté pour savoir où elle était. Arnaud est alors intervenu pour me dire qu'elle était partie il y avait déjà longtemps, et qu'ils avaient très peu de nouvelles. Contrairement à tous les autres sujets, il était soudain très évasif, trop. J'aurais pu être policier finalement. Un vrai limier. Avec Lebowski, on aurait fait la paire. J'ai posé une dernière question : « Donc vous ne savez pas où elle est ? » Arnaud m'a répondu qu'elle voyageait beaucoup, d'un pays à un autre, puis il a ajouté : « Bon c'est pas tout ça ! », qui signifiait que la pause déjeuner était terminée et que je ferais bien de me remettre au boulot, car il ne me payait pas pour lui descendre ses petites capsules hors de prix tout en débutant une thérapie familiale.

Je me suis levé, j'ai débarrassé mon assiette, j'ai demandé si je pouvais me laver les mains, il m'a indiqué une porte dans l'entrée. En ressortant, j'ai photographié la petite photo en couleur avec mon téléphone. Le daguet, le jeune cerf, semblait me regarder dans un sanglot figé pour l'éternité. Ses premiers bois, dont la croissance avait été fauchée par une balle, me firent penser au bout d'os dans ma cuisine. Est-ce qu'il était, lui aussi, un tissu cartilagineux ayant appartenu à un être encore jeune ?

Je suis passé voir Lebowski, étendu de tout son long sur le flanc, comme un animal abattu lui aussi, mais pour de faux. Il respirait calmement, chaud et confiant, ni chasseur ni chassé. L'inverse du doberman planqué derrière le comptoir à côté de la batte de base-ball des troquets des années soixante-dix, « Couché, Rex ! ». Plutôt le bon toutou à son pépère, comme on disait autrefois, quand on regardait *La Maison de Toutou* le soir à la télévision en noir et blanc. J'ai repensé à ce déjeuner complètement hystérique derrière son apparente décontraction. Tout était presque normal dans cette famille, mais le *presque* était énorme, et même flippant. Jeanne, Amandine, la Balagne, rien n'allait. Même ce chien, d'une certaine manière, n'était pas à sa place. En l'observant, je me disais que ce bon gros golden aurait été plus adapté à cette propriété, à cette famille bourgeoise, qu'à leur jardinier. Un labrador-à-cathos-sur-la-plage-de-Saint-Malo. Bon, enfin, c'était comme ça.

Je suis retourné à mon potager, qui prenait forme. J'ai repiqué les premiers plants de salades, de tomates, des *cuor di bue* italiennes et des noires de Crimée originaires de Nouvelle-Zélande, des courgettes ambassador et des crookneck, des courges butternut et des mara des bois tardives. J'ai fait des allers et retours avec l'arrosoir, j'aurais pu dérouler le tuyau mais j'avais envie de me dépenser. Lundi, j'installerai le système d'irrigation. J'ai regardé le vieux puits, condamné. Il y avait beaucoup de choses mortes dans cette propriété. C'est normal, c'est la vie.

# Week-end

J'avais pourtant mille autres choses à faire (toutes ces choses qui font rêver : l'aspirateur, la vidange du camion, les mises à jour de mes déclarations à l'Urssaf et mes devis à recopier au propre), mais en me levant le samedi matin, j'ai allumé l'ordinateur et j'ai tapé : *Jeanne Loubet* dans la barre de recherche.

Une série de résultats ont surgi pour m'apprendre la mort de tout un régiment de Jeanne Loubet. Les avis de décès succédaient aux avis de décès, les « carnets des disparitions » aux « espaces souvenirs ». Jeanne Loubet née Beysse, disparue le 22 juin, Jeanne Loubet décédée le 3 février, moi qui me lançais sur la piste d'un os, je n'étais pas déçu. Quoique. Je cherchais une gamine et je trouvais des ancêtres « qui avaient fini en boîte » comme disait mon pote Alain, le spécialiste des blagues à papa. Je m'attardais sans raison sur une certaine Jeanne-Jacqueline Loubet, tout aussi morte que les autres. Depuis un mois seulement. Elle avait été salariée d'une exploitation agricole. C'est tout ce qu'on disait d'elle. Cette femme n'avait sans doute jamais été citée de toute sa vie sur Internet, elle n'avait probablement jamais eu l'occasion, ou jamais osé, se lancer sur un ordinateur et jeter un coup d'œil discret sur le grand forum numérique. Elle n'avait pas existé dans ce monde virtuel. Elle avait vécu sur terre, la travaillant, comme moi, plus dur que moi, échappant à la toile qui nous emprisonne comme des mouches anesthésiées dans celle d'une araignée. Jusqu'à l'ultime instant. Elle aurait pu « partir au ciel » comme on disait dans les campagnes d'antan, mais non. La pieuvre géante avait réussi à lui choper une cheville alors qu'elle atteignait les nuages. Viens ici, Jeanne Loubet, entre dans cette case numérique qui est la tienne : « avis de décès », c'est tout ce que tu mérites.

Nous sommes si désespérés, si seuls, nous ne savons plus qui naît, qui meurt dans notre rue ou notre village. Il n'y a pratiquement plus de messe ni de journal local pour nous l'apprendre. Alors j'ai une pensée pour cette Jeanne Loubet, pourtant aussi anonyme que les autres, ces soldates inconnues de la paix. Il s'avérait, en tout état de cause, que Loubet était un nom plutôt populaire, et Jeanne un prénom de femme de plus de soixante-dix, voire de plus de quatre-vingts ans, au bas mot. Il s'était ensuite ringardisé après la guerre, avant de redevenir, deux générations plus tard – suivant en cela le cycle sans surprise des prénoms traditionnels –, prisé des classes bourgeoises qui cherchent inlassablement à se distinguer, fuyant donc à toutes jambes les Kimberley et les Amina.

J'ai transféré la photo volée depuis mon téléphone sur mon ordinateur. La petite photo du grand hall des Prés Poleux. Le visage de Jeanne était allongé, elle paraissait posséder un nez très fin et de grands yeux sombres. Mais le visage était si petit sur ce tirage de piètre qualité, moins d'un centimètre sans doute, que l'on peinait à établir un contact avec elle. J'agrandissais l'image sur mon écran. Le visage s'évanouit en pixels pour se « mosaïquer » à la manière des procédés d'anonymisation des témoins sulfureux ou fragiles dans ces reportages télévisés qui rameutent le chaland comme des rabatteurs de « spectacles pour adultes ». Qui es-tu, Jeanne ? Où es-tu ? Je m'étais posé ces questions comme on démarre un puzzle, ou un *Candy Crush*, ou un *Ruzzle*, dans une sorte de désœuvrement diffus, baigné de solitude. Mais maintenant, je voulais savoir, j'étais accroché. Comme une tique dans le cuir d'une chèvre, comme un chien avec son os. Enfin, pas Lebowski. Il l'avait oublié. Il était passé à autre chose. Faisant une nouvelle fois preuve de son génie ambivalent, simplet et sage à la fois.

Je savais que les jeunes gens (donc possiblement Jeanne) évitaient Facebook, le réseau des *ieuvs*, pour préférer d'autres réseaux. Je délaissais Snapchat, mais je faisais un tour sur Twitter et sur Instagram où je créais des comptes à mon nom, pour rien. Pour retomber sur des tombereaux d'analyses politiques en deux cent quatre-vingts caractères qui fulminaient de rage impuissante, des charrettes de selfies truqués de jeunes gens avec des visages de chats, des bennes de photos de kebabs ou de burgers, des torrents d'échanges secs comme des coups de canif, des « Louan j'm'en blc af » que j'apprenais à traduire par : Louane, je m'en bats les couilles *as fuck*. Bref. Le grand livre des échanges humains (qui étaient donc désormais consignés par écrit) alimenterait peut-être un jour l'émergence d'une future intelligence de silicium eschatologique. Nécessairement supérieure, du coup, ce ne serait pas difficile. Bien entendu, je savais que Jeanne pouvait s'être inscrite sur ces réseaux sous un autre nom que celui d'une mamie Loubet de plus mais, sans savoir pourquoi, je n'y croyais pas trop. Et je ne cessais de trouver étrange que cette jeune fille échappe à la toile, alors même que Jeanne-Jacqueline du Limousin, elle, n'y avait point coupé, quand bien même ç'avait été *in extremis*. À moins qu'elle ne soit une hackeuse internationale ou encore une VIP qui s'était alloué les services d'une société spécialisée dans l'effacement des traces numériques. M'était avis que, si cette dernière hypothèse était la bonne, Laure et Arnaud ne me l'auraient pas dissimulée.

J'ai sorti Lebowski qui s'agitait, du moins qui s'était relevé tel un vieil éléphant arthritique, avec des poils ; disons un vieux mammouth laineux, sans les défenses, balançant lourdement sa tête vers le haut pour se donner de l'élan. Il fallait sortir. Je l'ai sorti. On a fait la balade version courte, en passant par le chemin des noisettes. J'habite dans une maison isolée, à l'orée de la forêt du Theuil. On a quand même marché jusqu'au pré de Jacky, où le petit cheval, un quarter horse pie, était un bon pote de Lebowski. Chaque fois, c'était le même cinéma, le petit cheval s'approchait en trottant et en s'ébrouant de contentement, et Lebowski remuait la queue comme il ne le faisait jamais, pas même avec moi. Ces deux-là étaient de vrais copains. J'ai dans l'idée que ni l'un ni l'autre n'avait une claire conscience de leur position respective dans la classification des espèces. Comme d'habitude, ils se sont reniflés, ils ont tourné sur eux-mêmes, ont longé chacun de leur côté la clôture de bois la tête haute, portant beau, et puis nous sommes rentrés direct. Il s'était mis à pleuvoir quelques gouttes, et je ne lâchais pas mon enquête. J'ai laissé le chien dans la grange le temps qu'il sèche. Je me suis rassis devant mon écran. Je reprenais tout à zéro.

J'ai mis une heure de plus à dénicher l'anguille sous les roches sans fin de la marée basse électronique. Une certaine Jeanne Loubet avait signé une pétition contre l'implantation d'une zone commerciale dans le sud d'Angoulême. « *Jeanne Loubet – Doussac* ». Jusque-là, une piste comme une autre. Mais je vérifiais où était Doussac, et là, bingo ! Doussac était un petit village des Charentes, de cent quatre-vingt-deux habitants, qui avait été le sujet de plusieurs articles, et même de deux reportages télévisés, pour son engagement écologique, solidaire ; un « véritable modèle de démocratie participative et de décroissance joyeuse », disait un article. Était-ce mon petit doigt, ou mes premiers pas dans la peau de Philip Marlowe ? J'ai immédiatement pensé que Jeanne pouvait bien avoir atterri là-bas. Que les choses semblaient coller. Que l'idée plus ou moins saugrenue de ce potager au domaine des Prés Poleux pouvait bien avoir à faire avec une sourde culpabilité et tenter, symboliquement, de renouer le lien avec cette fille disparue, si c'était encore possible. J'ai appelé la mairie de Doussac, le téléphone a sonné dans le vide. Les annuaires ayant été boulottés par le monstre numérique en même temps que les journaux, je ne me fiais pas au fait qu'aucune Jeanne Loubet n'était répertoriée en Charentes. J'ai appelé le Doussac-café, le café associatif de Doussac. Je suis tombé sur un répondeur, j'ai pris une inspiration pour laisser un message, j'ai vite compris que ça allait être emberlificoté, ridicule dans un premier temps, suspect dans un second, j'ai raccroché. La pétition datait de deux mois et demi. J'ai regardé l'itinéraire sur Mappy : 448 km, 4 h 20 de route.

J'ai fait grimper le chien dans le Kangoo, et en avant ! Une petite virée. Absurde ? audacieuse ? Aujourd'hui, quand j'y repense, je ne trouve pas d'explication convaincante à cette obsession soudaine, ce n'est pourtant pas trop dans mon caractère.

J'ai rejoint l'autoroute A10. L'autoroute de Bordeaux. Orléans, Tours, Poitiers, la France tranquille, ni la horde sauvage estivale de l'autoroute du Soleil, ni la destination Télérama-fruits de mer de l'autoroute de Rennes ou de Nantes (mettons de côté les punis et les bannis de l'Est, qu'irait-on faire en Lorraine quand on n'y est pas né ?), quelque chose entre les deux, bon chic-mi-raisin.

Lebowski était vautré à l'arrière du fourgon, on aurait dit un veau dans une bétaillère. Un veau épuisé, toujours sur le flanc, et croisé avec un yak laineux. Je dis beaucoup de mal de cet animal, mais je dois lui reconnaître une qualité : il ne pète pas. C'est un lieu commun de dire que les chiens, surtout en voiture, sont des calamités nauséabondes qui larguent régulièrement des chapelets de bombes olfactives nucléaires, mais ce n'était pas son cas, sauf exception. Peut-être se retenait-il ? Ça m'étonnerait. Par contre, il puait du bec, incontestablement, on peut même dire que le sagouin avait une haleine d'alligator qui vient d'avaler une charogne de hyène. Donc je redoutais ses halètements quand il était assis devant, sur le siège passager ; à l'arrière, il n'était pas plus gênant qu'un sac de sable.

Il faisait un temps radieux, pas trop chaud, le ciel était bleu, le bitume argenté, les voitures enjouées, les camions raréfiés, j'ai ouvert la fenêtre pour sentir et entendre le sifflement de l'air, et couvrir le son du moteur du Kangoo qui faisait un bruit de machine à laver hors d'âge. Après Tours, j'ai commencé à douter de mon entreprise. Qu'est-ce que je fabriquais ? Je m'embarquais sur la route comme un adolescent qui vient d'obtenir son permis de conduire et qui part à l'aventure. Je pars, c'est tout. La griserie des premiers kilomètres. Puis l'ennui au bout de quelques heures. Qu'est-ce que j'allais faire là-bas ? Quand bien même je retrouverais cette jeune fille, qu'est-ce que j'allais bien pouvoir lui raconter ? « Ah ! Vous êtes vivante ! Bien. Figurez-vous que je suis en train de créer un potager chez vos parents… Voilà voilà… Eh bien, bonne continuation ! » Je ferais pisser le chien, et je reprendrais la route. N'importe quoi. Mais j'avais appris à apprivoiser, comme tout le monde à partir d'un certain âge, ces variations d'humeur qu'il faut savoir accueillir avec recul. Comme tout, elles passent, et je m'efforçais donc de rajuster sur mon cerveau les bretelles de ces mantras de philosophie lycéenne qui veut que l'on ne regrette que ce que l'on n'a pas fait, qu'il faut vivre, ne jamais se repentir d'avoir osé, d'avoir rêvé, d'avoir été fou (conseils toujours professés par ceux qui ne risquent pas, pour des tas de raisons anthropologiques et sociologiques, de dégringoler, passons) et toutes ces maximes à distribution automatique que certains relayaient inlassablement sur Facebook, le réseau de la philosophie en rase-mottes et du radotage inlassable (déjà décrit mais c'est le principe de l'envahissement obsessionnel) digne d'un Alzheimer planétaire.

J'ai remonté ma vitre, j'ai allumé la radio, très fort, car le semblant de climatisation ajoutait un bruit d'aspirateur à celui de la machine à laver. Cinq minutes de France Info pour me rappeler que la radio d'État n'avait plus besoin de Peyrefitte pour se tenir à carreau et réciter la doxa autorisée, notes d'humour comprises, tels de bons élèves triés sur le volet de la république populaire de Chine. Puis un peu de musique, inaudible, soit à cause de la qualité de la réception et des fausses harmonies que le lave-vaisselle Renault produisait, soit à cause des inepties publicitaires qui contaminaient les tubes musicaux, transformant mon habitacle en minigalerie commerciale. « Avec Homeself, vos voisins vont être jaloux ! » J'ai éteint. « Ta gueule », j'ai dit. Soudain j'avais hâte de rencontrer les hippies des Charentes.

Je me suis arrêté sur l'aire de Poitou-Charentes – Nord. J'ai donné à boire du gasoil au Kangoo et de l'eau au Lebowski. Je l'ai ensuite emmené en laisse vers un carré d'herbe miteux. Tranquille comme Baptiste, il a levé la patte d'un air dégagé sur un ou deux troncs, et des enfants l'ont appelé. Leur mère leur a dit de demander au monsieur s'ils pouvaient le caresser, j'ai accepté avec mansuétude. Non, il n'y avait pas de risque, les ai-je rassurés (c'était le moins qu'on puisse dire). Lebowski a endossé son rôle de gros nounours – le seul qu'il connaissait, en fait, mais dans lequel certes il excellait, notamment grâce à son fameux jeu de sourcils droite gauche alterné. La mère a commenté : « Il est gentil, ce toutou, hein ! » « Toutou », il n'y avait plus guère que sur les aires d'autoroutes qu'on pouvait entendre cette expression que j'avais crue la veille encore disparue pour toujours ! Dans ces endroits, la forme des voitures changeait sans cesse, mais l'ambiance de pré-camping des grandes vadrouilles estivales, jamais.

Je suis allé m'occuper de mon cas dans le vaste manège multicolore des machines à sous Lavazza, des canettes rouge Coca et bleu Red Bull, des sandwichs de Chez Paul et des livres de chez Jacques a dit. Des ribambelles d'êtres humains de tous âges et de tous sexes, mais presque tous en short, mi-énervés mi-joyeux, évoluaient dans cet espace comme s'ils étaient chez eux. Je me sentais comme un acteur en noir et blanc dans un film en couleurs. À la sortie des toilettes, j'ai vu un homme appuyer sans trembler sur le bouton vert « satisfait » (avec le bonhomme souriant), délaissant le bouton jaune (moyen) et le rouge (furieux). Des *bornes-de-satisfaction-smileys*. Nous vivons donc dans un monde où il fallait aussi noter le pipi et le popo. L'homme a poursuivi son chemin, a repris le fil de sa vie, satisfait donc. Ça m'a laissé un peu perplexe. Je me suis dit : bon, peut-être que le type a une sœur ou un beau-frère qui travaille à l'entretien de ces lieux et qu'il leur file un petit coup de pouce. Mais, au vu de son pantacourt et de sa banane de grand voyageur, ce n'était pas le plus probable. Le gars avait donc pris le temps de réfléchir, de peser le pour et le contre, et d'exprimer son opinion, en citoyen, en homme responsable. Oui, je suis satisfait de mon passage en ces lieux. J'ai repris le volant pour fuir sans me retourner. Le Kangoo continuait à ressembler à un petit avion à hélice qui refuserait obstinément de décoller.

J'ai roulé d'une traite jusqu'à Doussac, un hameau de maisons en pierres blanches, au pied d'une douce colline boisée. Les maisons encadraient une vaste place rectangulaire, plantée de platanes. L'ensemble était propret, en un mot charentais. Même les deux yourtes et la caravane que j'avais repérées à l'entrée du village semblaient appartenir à des scouts bien coiffés plutôt qu'à des nostalgiques de Woodstock. Le centre du village où je me garais avait un air de vaste villa romaine. Le clocher de l'église dépassait à peine les toits, l'architecture avait sans doute contribué à souder la petite communauté des habitants. Sauf qu'il n'y avait personne. Hormis deux chiens en patrouille. Un très grand chien à longs poils, plus gros encore que Lebowski, un genre de berger d'Anatolie, un animal sélectionné pour faire face aux loups, et un petit nerveux monté sur piles, noir et blanc. Je les ai jaugés, leur liberté elle-même était un gage de leur caractère paisible, j'ai délivré Lebowski qui a sauté du hayon comme une génisse de la remorque du tracteur, *sblaoum*. Il est direct allé voir les deux autres qui se sont figés un instant, puis ont remué la queue, puis l'ont reniflé, puis ont repris leur inspection méticuleuse des cailloux et des poteaux. Lebowski les a accompagnés. Les chiens d'ici étaient à coup sûr solidaires et démocrates.

Pour les êtres humains, je ne pouvais pas encore en juger. La route principale faisait un coude pour contourner le centre du village. Il n'y avait pas plus de voitures que de piétons. J'ai repéré le café, fermé. Je me suis assis sur un banc qui n'avait pas besoin d'être à l'ombre car le ciel était nuageux, gris clair. J'ai remarqué les guirlandes d'ampoules colorées entre les platanes. Une sorte de buvette et des installations de bois, un four à pain, un endroit taillé pour l'animation et la fête. Mais aux heures ouvrables, donc. J'avais l'air du gars qui a été invité à une noce mais qui s'est trompé de date. Les trois chiens, devenus inséparables, se sont couchés un peu plus loin. J'ai attendu moi aussi.

Une première voiture est passée, sans ralentir, puis une camionnette bleue s'est arrêtée derrière le four à pain. Un grand type sec est descendu et s'est mis à décharger du bois. Je suis allé le voir, je n'avais pas trop le choix, sauf à rester assis sur ce banc jusqu'à ce que la montée du niveau des océans vienne disloquer mon squelette.

J'ai salué le gars, il m'a souri en continuant à décharger ses stères. Je lui ai demandé si le café était fermé aujourd'hui. Il m'a dit qu'il ouvrait à 17 heures. J'ai regardé ma montre et hoché la tête : dans une heure, presque. Tout en continuant à transbahuter ses bûches, l'homme m'a encore jeté un coup d'œil, en constatant que j'allais sûrement attendre l'ouverture du café, que j'étais l'homme qui a la ferme intention de boire un café dans ce café et dans nul autre. À force de le regarder faire, j'ai fini par lui proposer de lui donner un coup de main. Il m'a répondu du tac au tac non ça va aller, mais je savais qu'il avait apprécié. Je n'avais ni la tenue, ni la tête, ni la voiture d'un touriste parisien, toutes ces choses qu'il avait déjà plus ou moins consciemment repérées. Il a fait une pause, il avait presque terminé, il s'est redressé. Grand, les cheveux longs tirés en arrière, il a penché la tête sur le côté en plissant les yeux. Puis il les a baissés sur mes mains, il a eu la preuve que je manipulais des manches de pioche plutôt que des claviers d'ordinateur, enfin il les a relevés pour croiser mon regard et il m'a dit avec un petit sourire ironique : « Et moi, je peux vous aider ? » J'ai hésité. Pas longtemps. J'ai dit : « Oui, je cherche à rencontrer Jeanne Loubet. » Il a relevé le menton un peu plus haut, il a laissé passer une seconde ou deux, ça a suffi pour que je comprenne qu'il la connaissait. J'étais soulagé, je n'étais pas venu pour rien, j'étais même content, pas longtemps non plus, car il m'a répondu : « Elle n'est plus ici. » Logiquement, je lui ai demandé s'il savait où elle était partie ; logiquement, il m'a demandé pourquoi je voulais savoir tout ça, et qui j'étais d'abord. Je n'ai pas su quoi répondre, il fallait vraiment être idiot pour n'avoir prévu aucune explication à ma démarche, j'ai bredouillé que j'étais de sa famille. Il a hoché la tête, je ne sais pas s'il m'a cru, toujours est-il qu'il ne savait pas du tout où elle était allée. Il a refermé les portières de sa camionnette qui ont grincé et, en sautant derrière le volant, il m'a lancé avant de claquer sa portière : « Vous demanderez à Marie-Ange ! – Qui est-ce ? – Au café. »

La camionnette bleue est repartie en crachant un filet de fumée blanche. Je me suis rassis sur mon banc. Quarante minutes. Ça m'a laissé le temps d'échafauder un petit scénario. Je suis parti de l'idée que je ne devais pas revenir sur ma première improvisation (sait-on jamais, ai-je finement raisonné, dans un village de cent quatre-vingt-deux habitants, il n'était pas à exclure que le grand sec aux cheveux longs ne soit pas totalement inconnu des autres… et leur parle). Alors j'ai brodé là-dessus, j'ai inventé que j'étais un cousin de Jeanne, que j'avais promis à ses parents de lui parler, voilà, c'est tout. Je me proposais d'ajouter, si on insistait, et pour river le clou, qu'elle manquait beaucoup à Amandine, sa petite sœur. C'était bref, c'était naze, c'était plat, comme la vie en vrai.

J'ai pris une bouffée d'oxygène. J'ai regardé mon téléphone et refusé de me promener sur les applications. J'ai décidé de respirer, d'être dans l'instant présent du méditant, de prendre exemple sur Lebowski qui m'avait rejoint et s'était couché au pied du banc, exténué par les incessantes allées et venues de ses deux compères. Je devais m'imprégner des *good vibes* de l'endroit. Les bonnes vibrations d'une fille absente, dans un village lui-même déserté… Pour être mort, c'était mort. Un genre de Pompéi des villages écologiques avant l'heure. Une autre voiture est passée, une verte. Puis vers 16 h 50, quelques jeunes gens maigres, avec des crêtes de cheveux colorés et tressés sur le crâne, se sont regroupés près du café. Un coq a chanté et, de loin, c'était assez troublant, on se demandait si ce n'était pas l'un d'entre eux qui s'était exprimé.

Une jeune femme est arrivée à vélo et a ouvert le café en affichant un air préoccupé, à la parisienne, on ne saura jamais pourquoi. Les homo-gallinacés sont entrés à sa suite comme si elle allait leur distribuer du grain. J'ai attaché Lebowski à mon banc et je suis entré à mon tour. L'endroit était d'entrée de jeu sympathique, mi-rock, mi-café-à-l'ancienne, baby-foot et bibliothèque. Les murs étaient couverts d'affiches de concerts et de manifestations, avec une nette prédominance pour le combat victorieux contre l'aéroport de Notre-Dame-des-Landes. Je me suis installé sur un tabouret du bar, deux hommes plus tout jeunes, plus vieux que moi, sont entrés en blaguant sur le caractère de cochon de la barmaid, je me sentais déjà plus à l'aise. La jeune femme en question, derrière le comptoir, m'a demandé ce que je voulais, elle semblait s'être un peu radoucie, j'ai évité d'attaquer d'emblée avec Jeanne, j'ai commandé un demi pression. Elle a tiré la bière et quand elle l'a posée devant moi, sur un sous-bock anticorrida, je lui ai demandé si elle était Marie-Ange. Elle m'a regardé avec surprise et puis elle m'a dit que non, que Marie-Ange devait arriver dans une vingtaine de minutes. « Enfin, j'espère ! » elle a ajouté. Elle m'a expliqué qu'elle la remplaçait pour faire l'ouverture alors que normalement ce n'était pas son jour, et puis, la curiosité l'emportant sur sa mauvaise humeur, elle a voulu savoir : « Pourquoi ? Vous lui voulez quoi ? » J'ai fait une réponse évasive en disant que je cherchais à prendre des nouvelles « de quelqu'un ». Elle m'a fixé en hésitant une seconde, je lisais dans son regard : ici, on n'aime ni les flics ni les journalistes. Je l'intriguais, mais je la fatiguais aussi. Elle a préféré renoncer, elle s'est retournée et elle a mis de la musique, un truc de rap jazzy, un truc à la radio Nova, suave et pénible à la fois.

Quand Marie-Ange est entrée dans le café, un peu essoufflée, plus toute jeune elle non plus, chargée de paquets, je l'ai reconnue immédiatement. Marie-Ange, ça ne pouvait être qu'elle. Je n'ai pas été surpris quand elle est passée derrière le bar pour relayer la jeune acariâtre.

J'ai fini ma bière et Marie-Ange m'a demandé avec une voix de fumeuse si je voulais autre chose. J'ai hésité, mais je voulais établir le contact, j'en ai commandé une seconde. Elle a incliné le verre pour verser le liquide doré et m'a jeté un coup d'œil. Elle avait des yeux rieurs. Est-ce que j'étais seul ? J'ai dit oui. Enfin, mon chien m'attend dehors, j'ai ajouté. Est-ce qu'il était calme ? Je lui ai dit : « Un chien plus calme que lui, on appelle ça un chien mort. » Elle a ri et m'a dit de l'amener, elle connaissait les chiens, elle savait qu'ils détestaient être attachés à l'entrée d'une grotte dans laquelle leur maître avait disparu, même le débonnaire Lebowski. Je suis allé le chercher, il a été ravi de venir se coucher parmi les bonnes odeurs incrustées dans le plancher par des décennies de buveurs maladroits et de fumeurs aujourd'hui refoulés à l'extérieur. Marie-Ange m'a raconté qu'elle était l'ancienne patronne de ce café, qu'elle avait cédé le fond à la communauté et en était ravie. Jamais ça n'avait été si vivant et si sympathique, « Comme quoi, tout peut se gérer en commun, parce que… en général, hein, les patrons de bar, c'est pas des babas ». En effet, ils avaient longtemps eu l'image des chauffeurs de taxi d'antan, on aurait pu les traiter, si cela n'avait pas été ni anachronique ni déplacé géographiquement, d'« électeurs de Trump », la pire des insultes, des espèces de faunes maléfiques bavant de stupidité.

Marie-Ange parlait sans peur, sans calculs, en confiance, elle faisait confiance aux gens, elle faisait confiance à la vie, je trouvais ça très réconfortant, au moins autant que mon deuxième demi qui me permettait de faire un tout rond.

Je lui ai posé quelques questions sur le fonctionnement du village. Elle m'a expliqué les réussites, les espoirs, les difficultés aussi. Elle m'a raconté comment, même dans un endroit tel que celui-ci, la nature humaine pouvait parfois briser les utopies. Ça m'intéressait cette histoire de « nature humaine », mais je me suis abstenu de lui demander à quoi elle faisait référence. Elle me parlait comme si on s'était toujours connus. Était-elle comme ça avec tout le monde ?

« Qu'est-ce que tu fais là ? » m'a-t-elle tout à coup demandé, de but en blanc. Je lui dis, comme au Christ bûcheron de la camionnette bleue, que je cherchais Jeanne Loubet. « Pourquoi ? » Je lui ai servi ma petite explication. Elle m'a dévisagé et je ne suis pas bien sûr qu'elle m'ait cru, mais elle était convaincue que je n'étais pas un flic, que je naviguais plutôt dans la sphère de l'intime. Ça lui a suffi. « Cousin », c'est vraiment le truc qu'on dit quand on ment – c'est terrible pour les cousins –, peut-être qu'elle a imaginé une histoire de filiation complexe, secrète, que j'étais le vrai père biologique de cette gamine, quelque chose dans le genre. En tout cas elle a continué à me faire confiance, à moi comme aux autres.

Alors elle m'a raconté que Jeanne avait en effet vécu ici, avec une certaine Mathilde, à la ferme dite de Saint-Laurent. « En pointillé, elle allait et venait, c'est une fille qui ne tient pas en place. » Elle m'a expliqué qu'elle avait aidé Mathilde qui était horticultrice, et qu'elle faisait aussi des dessins. C'était, selon elle, une excellente dessinatrice. « Tu vois, là-bas, par exemple, c'est un dessin à elle. » J'ai tourné la tête vers le coin de mur qu'elle m'indiquait. Il y avait un fusain magnifique qui représentait la tête, posée sur l'herbe, d'un cheval couché. Le regard de l'animal était très étrange, absent. Un cheval mort ?

Enfin bref, elle n'était plus là. « Pourquoi ? – Elle est partie après une sombre histoire d'argent prêté… il y a six mois environ. » Une sombre histoire d'argent ? Ça a piqué ma curiosité bien sûr, mais je me suis retenu de m'aventurer plus loin, on risquait de toucher les hauts-fonds rocheux de la « nature humaine ». Où était-elle partie ? Selon Marie-Ange, personne ne le savait. « Un jour sûrement elle donnera des nouvelles, souvent les gens qui sont passés ici font ça. – Et Mathilde ? j'ai demandé. – Ne va pas la voir. Si tu fais ça, d'abord tu vas t'en prendre une, et ensuite moi je vais la récupérer en pleurs. »

Il y a eu le petit gong aigu de la balle du baby qui heurte le fond métallique des buts, et, juste après, un hurlement éraillé. « Gamelle ! » J'ai regardé Lebowski qui, le museau collé au sol, avait ouvert un œil pour vérifier quel animal avait poussé ce cri. Un des grands poulets efflanqués à crête multicolore a dû trouver une croquette, se disait-il sans doute.

J'ai regardé la mousse qui s'évanouissait sur mon bock. J'ai regardé Marie-Ange et je lui ai souri.

Elle m'a demandé si je dînais au village.

Il était temps de repartir.

Lebowski est remonté dans le Kangoo, comme toujours, content. De sa visite au café ? Content de partir en voyage en ayant déjà oublié le trajet aller, à la manière d'un poisson rouge ? Content de fuir cet endroit ? Des tas de gens arrivaient et se saluaient chaleureusement, il semblait impossible de vivre ici sans aimer son prochain comme soi-même, cela en devenait angoissant. À moins qu'il ne pense à rien, et qu'il ne soit que content d'être en vie.

J'ai repris l'autoroute dans l'autre sens. Mon téléphone me disait que j'arriverais vers minuit. Ma virée n'avait pas été complètement vaine, je me sentais calme, serein. Tout au fond, sur ma gauche, le vieux soleil s'enfonçait en allumant son feu pour la nuit. Il n'y avait que Radio Autoroutes et France Culture que je captais sans rupture, et comme mes oreilles devenaient collantes à force des sirops parfum Balavoine ou John Legend, je me suis intéressé à une discussion philosophique sur France Culture. J'y ai entendu que le concept de « nature humaine » était tout à fait obsolète. Trop flou, trop universaliste, trop réducteur, un « oxymore qui noie le poisson du suprématisme occidental », tranchait l'intervenant. Je repensais à Marie-Ange et à son propos sur le conflit entre l'utopie et la « nature humaine ». Mais si la nature humaine n'existait pas, est-ce que l'utopie, du coup, reprenait du poil de la bête ? Lebowski a poussé un grognement satisfait en se retournant sur la banquette arrière.

J'ai laissé tomber et repensé à l'os. Il me hantait depuis le premier jour, depuis ce jour où Lebowski l'avait déniché. Un début de fatigue m'abrutissait. Je me disais, bêtement, paysan inculte que je suis, que si cet os était humain, alors OK d'accord, peut-être que la nature humaine n'existe plus dans l'esprit des gens intelligents, mais il en restait quand même bien quelques débris, notamment un posé sur mon frigo.

Mes idées s'enchaînaient l'une après l'autre comme les kilomètres, et même comme les décamètres qui défilaient sur la petite molette rouge du compteur. Mais la chaîne de ces idées dessinait une spirale qui se resserrait autour d'une question : Jeanne était-elle encore en vie ? Je n'osais pas, je crois, me la poser frontalement, car elle m'aurait paru ridicule, frisant l'absurde, me poussant encore un peu plus au bord du déséquilibre psychique. Mais elle était sans conteste le pivot de tous mes échanges électriques neuronaux. Si elle était morte (je soulignais mentalement au feutre fluo qu'il s'agissait uniquement d'une hypothèse), est-ce que mon os pouvait lui avoir appartenu ? Combien de temps met un corps enterré en pleine terre pour devenir un squelette ? Je n'étais certes pas un spécialiste, mais mon expérience des composts et des charognes animales me laissait penser que six mois (depuis que Jeanne avait quitté Doussac) restait un délai plausible. « Spécialiste ». J'ai pensé au voisin du bout du chemin des Aubettes, vers chez moi, la grande maison en brique : le gars qui habitait là était un médecin légiste. Je le connaissais à peine mais… oui, c'est lui qu'il faudrait aller voir avec mon os. Plutôt que Gilbert et ses analyses de boucher. Ce projet m'a soutenu pour boucler les deux cents derniers kilomètres. Fallait pas compter sur le gros mou poilu pour la conversation.

# Lundi

À 8 h 30 ce matin-là, heure à laquelle j'arrivais aux Prés Poleux, l'air était limpide comme de l'eau de roche. Le ciel était moins agressif que ceux, uniformément bleus, qui annonçaient, depuis plusieurs matins, des journées torrides. Des cumulus de coton progressaient calmement tels des anges de baleines blanches nageant sans effort dans l'azur. Ils voilaient et dévoilaient le soleil comme s'ils cherchaient à ajuster un thermostat solaire.

J'avais creusé une fine tranchée pour amener l'eau en tuyau rigide, et réfléchi à mon système d'irrigation en goutte à goutte. Quatre circuits dérivés enterrés et vingt-quatre tuyaux souples pour alimenter les trois cent cinquante goutteurs – le maximum que m'autorisait le débit de départ. Je me suis mis au travail pour installer tout le bazar.

Le golden retriever gentrifié avait lui aussi repris sa place sous le grand chêne et décidé d'en mettre un bon coup dans une autre de ses activités parfaitement inutiles : la fabrication de bûchettes à partir de tous les bouts de bois que sa longue corde lui permettait d'atteindre. Il ramassait un bâton, se couchait en le coinçant entre ses deux pattes avant ; il entreprenait alors de le mordre, de le croquer, de le déchiqueter, de le réduire en allumettes et, au passage, d'en avaler une bonne partie. La cellulose ingurgitée parachevait ainsi son évolution du règne animal vers le règne végétal comme sa locomotion, confinant à l'immobilisme intégral, le laissait supposer intuitivement.

En fin de matinée, Arnaud est rentré d'une virée en VTT et est directement venu me rendre une petite visite sur le chantier. Il m'a fait penser à un mannequin de magasin de sport. D'abord parce qu'il était un bel athlète, bien proportionné, hormis ce début d'embonpoint, mais, surtout, parce que rien ne manquait en termes de vêtements fluo, d'équipements de haute technologie et d'accessoires multiples. Je remarquai le tube avec l'embout-tétine qui sortait de son sac à dos de commando pour aller jusqu'au coin de sa bouche et lui permettre de s'abreuver sans rien lâcher. Il m'a demandé des nouvelles, puis il a tapoté sur un téléphone fixé au guidon, et il a annoncé : « 77,8 kilomètres, 949 mètres de dénivelé, on n'a pas chômé. » J'ai failli lui répondre qu'avec cette énergie à revendre, il aurait pu venir creuser ma tranchée, mais, cette fois encore, je me suis abstenu. Il continuait à pianoter sur son téléphone – tracé du trajet, vitesse moyenne, rythme cardiaque et fréquence de pédalage, tout était enregistré, calculé, bien géré, regéré, digéré – quand il a ajouté que, vu que c'était mon dernier jour, ce serait sympathique que je me joigne à eux pour boire l'apéro à midi sur la terrasse de la piscine. Là encore, je me suis laissé aller dans le courant : je n'ai pas su refuser son invitation, ni oser lui demander s'il avait un maillot de bain à me prêter. J'ai encore accepté, par lâcheté essentiellement.

Midi est arrivé, l'air avait chauffé d'un coup et j'ai rejoint Laure et Arnaud après m'être approximativement essuyé avec une serviette douteuse du camion. J'étais encore sale et sec comme un manche de râteau quand j'ai constaté qu'un type d'une trentaine d'années barbotait dans l'eau, brisant toute l'harmonie suave des reflets du bassin. La piscine était devenue la grande baignoire d'un cycliste qui aurait abusé de la topette aux amphèt'. L'homme s'était débarrassé de sa panoplie de vététiste pour endosser – après une douche j'espère – le costume de bain du boute-en-train aquatique. Il ne connaissait pas l'eau : au lieu de glisser avec elle, il se battait contre elle. Tout y passait. Il basculait et frappait la surface comme un ours pêchant le saumon dans un torrent canadien, soufflait dans l'eau comme une otarie, crachait un jet d'eau de baleine puis s'affalait sur un matelas pneumatique, imitant le geste d'un fumeur de cigare. Après quoi, jamais à court d'idée, il a tenté de nous arroser, surtout Laure ; pour finir, il nous a invités à le rejoindre, mais je n'étais pas du tout sûr d'être concerné par la proposition. La tête de ce gars me disait quelque chose. Un comédien ? Un homme politique ? Un truc « vu à la télé » en tout cas. « Chez les Loubet, tu vas croiser du gratin », m'avait dit Gilbert quand je lui avais annoncé que je travaillais chez eux. Si j'avais des enfants, j'aurais pu rentrer chez moi en fanfaronnant : « Tu sais qui j'ai vu aujourd'hui au travail ? » Mais je n'en ai pas.

L'homme plaisantait sans relâche, chambrait Arnaud sur les dimensions plus que modestes de sa piscine pour un nageur tel que lui, en préparation d'un triathlon Ironman, il faisait des allusions lourdingues aux sous-entendus sexuels du terme anglais, et frôlait la ligne jaune d'un deuxième degré à la Bigard en constatant que nous étions trois hommes pour une femme. La parité n'était pas respectée, a-t-il ajouté pour amortir sa beaufitude qui se voulait feinte, mais qui était si bien jouée qu'elle en devenait étrangement authentique. Mais pourquoi en faisait-il autant ?

Arnaud s'est tourné vers moi pour me glisser que j'avais dû reconnaître Ludovic Bowers, *le célèbre avocat*. Quand il m'a dit ça, j'ai pensé à cette blague sur une mère juive qui, affolée, court sur la plage en criant : « Au secours ! Mon fils avocat se noie ! » D'après Arnaud, le comportement de son partenaire vélocipédique démontrait que la distinction et l'élégance n'avaient rien à voir avec le statut social dans notre monde en perte de repères, laissant ainsi entendre que j'étais, moi, bien que simple jardinier, bien que mâle blanc mal dégrossi, plus élégant et distingué que cet animateur millionnaire de club de vacances qui pataugeait à nos côtés. Certes, ça n'avait rien d'un exploit. Je n'ai pas fait de commentaire. Ainsi, Arnaud s'investissait en arbitre des élégances. *Fuck* l'arbitre.

Mais puisqu'on était, comme toujours avec eux du reste, dans ce concours permanent de la *bella figura*, il fallait reconnaître que Laure portait une ravissante robe d'été à fleurs, mauve et lavande, qui m'a paru être en soie. Amandine nous a rejoints, accompagnée par une jeune femme. Pendant une seconde, je me suis demandé si ça n'était pas Jeanne, mais non. Amandine apportait des bols de « choses à grignoter », et la jeune femme un lourd plateau chargé de verres et de boissons. L'inconnue était brune, les cheveux tirés en arrière, en jean et tee-shirt à cinq euros, une employée de la maison. La parité fut rétablie le temps qu'elle dispose le tout sur la table, puis elle s'est retirée discrètement, sans un regard pour personne. Laure la remercia poliment.

Car Laure est toujours polie. Laure Loubet est née Laure Thibault de Dallembert, elle avait donc épousé un roturier. Mais, à l'époque de son mariage, Arnaud présentait un magazine d'informations quotidien à la télévision, on le reconnaissait dans la rue. Petit baron des temps modernes, il avait été adoubé pour devenir une pièce rapportée du club fermé des zombies de grandes familles. Les ancêtres de Laure lui avaient transmis non seulement cette propriété (parmi d'autres, j'imagine) mais aussi cette courtoisie raffinée dont les aristocrates aiment à dire qu'elle est la marque des gens « bien élevés » en pensant « bien nés ». Elle avait noué ses cheveux châtain clair en chignon et un sourire discret mais permanent flottait sur ses lèvres. Presque permanent. J'avais entr'aperçu une ombre fugitive changer son expression l'espace d'un instant, et un frisson glacé m'avait parcouru la colonne vertébrale comme si l'œil enflammé de Sauron était apparu sur son front pourtant très finement botoxé. Mais la plupart du temps, elle était charmante, agréable à regarder. Un mec comme Ludo aurait dit : pas vraiment belle, mais plutôt jolie. Elle me proposa un Spritz que je refusai pour un jus de fruit de bio-agrumes. J'étais là pour travailler, même s'ils s'ingéniaient à l'ignorer.

À force d'entendre qu'ils formaient « un beau couple », Laure et Arnaud s'imaginaient l'être, l'un et l'autre. Ce qui n'était que partiellement vrai. Quand on l'examinait attentivement, il se confirmait que le visage d'Arnaud, comme celui de Laure, était trouble. Une contradiction en contrariait l'harmonie, une sorte de force faible. Plutôt bel homme à première vue : des traits réguliers, des yeux clairs et francs, le front haut, mais une lourdeur dans le bas du visage gâtait l'ensemble lorsqu'on s'y attardait. Ses joues tombaient légèrement sur une bouche un peu petite qui prenait alors un pli de sourire inversé désamorçant la puissance que son regard s'escrimait à afficher. Étaient-ce ses origines sociales très modestes qui, malgré lui, affleuraient avec ce trait d'amertume quasi invisible ? Peut-être.

En attendant, l'homme était également perspicace et spirituel. Il leva son verre en disant : « Je bois à la santé d'Emmanuel Todd, l'homme qui comprend avant les autres, notamment que le niveau intellectuel de nos élites s'effondre, que nous sommes dirigés par des crétins. Un spécimen dans notre piscine nous le prouve ! » *Ludo*, comme il l'appelait, riait de plus belle. Arnaud me surveillait du coin de l'œil, il voulait vérifier que sa sortie m'avait fait rire, j'étais le seul public extérieur, et il voulait me conquérir, comme les autres, tous les autres, par la séduction, ou par la force de caractère. Je souriais gentiment. Ce qui était certain en revanche, c'est que son père chaudronnier et sa mère-qui-avait-gardé-les-enfants-des-autres-toute-sa-vie (comme il me l'avait bien spécifié lors de notre déjeuner dans la cuisine) expliquaient sa rage de succès avec une évidence de manuel de psychologie : aussi mécaniquement que la douleur déclenche l'agressivité chez l'animal, les complexés sociaux transplantés dans les classes supérieures sont des fanatiques radicalisés de la reconnaissance sociale.

Le dénommé Ludovic est sorti de l'eau, tout dégoulinant. Il a rejeté en arrière sa grande mèche. Ludo a une longue mèche et une grande gueule, désolé, on ne peut pas le dire autrement. Une mèche blonde. Il était blond, lui aussi. J'étais le seul brun avec la femme de service, on se serait cru en pleine scène de réception à la Kommandantur dans un film hollywoodien. D'ailleurs il m'a demandé avec un coup de menton si je ne voulais pas me baigner. J'ai vaguement secoué la tête. Est-ce qu'un larbin plus ou moins métèque se baignait en même temps qu'un officier de la Wehrmacht ? Il a ajouté : « Enfin, si vous vous baignez, n'oubliez pas de vous mouiller la nuque avant ! » avec un clin d'œil en direction d'Arnaud et de Laure, qui n'ont pas ri. Pas du tout. Quant à moi, je n'ai pas compris. Une *private joke* éculée sans doute.

Ludovic a attrapé un drap de bain et s'est frotté énergiquement, muscle après muscle. La manière, éminemment suspecte, dont il étalait sa virilité produisait – phéromonisait ? – un genre d'érotisation de l'ambiance, notamment dans certains échanges. Dans les regards « complices » (comme dit le cliché car, vu de l'extérieur, ils sont plutôt « ridicules ») que Laure adressait à son époux Arnaud. Je me souvenais des explications de ma grand-tante Madeleine – qui m'avait élevé dans une ferme de Mayenne – à propos du « boute-en-train » : c'est le mâle qu'on utilise pour détecter les chaleurs des juments. Autrement dit, on amène le boute-en-train dans le troupeau, une fois qu'il manifeste son intérêt pour telle ou telle femelle disposée, on le retire, merci d'être venu, et on amène la femelle en question à l'étalon. Pas sûr que le boute-en-train soit si enchanté que ça de son propre sort…

Ludo l'animateur animait la discussion. Nous étions le 27 juillet et, sans surprise, il était encore question des vacances. Depuis ce week-end, Arnaud était en congé lui aussi, il rejoignait Laure qui, elle, bénéficiait des vacances scolaires. L'expression fit dodeliner de la tête l'Ironman trentenaire, dont le cerveau avait été matricé comme les autres par les mantras qui commençaient par « ces fainéants de fonctionnaires » et finissaient par « les 35 heures ont coulé le pays ». Lui partait dans les

Pyrénées pour un « trek de la mort ». (Cela aurait dû se dérouler au Népal, mais contrecoup de la pandémie oblige.) Comme pour la Tesla d'untel « qui tue » et le « couscous mortel » d'un restaurant marocain parisien, cet aventurier côtoyait la mort à chaque phrase. Du sang, du sexe et des larmes, l'homme passait sa vie derrière un écran d'ordinateur, un guidon de vélo, à nager et à courir après rien, à se tenir loin des clusters du coronavirus, tout en se prenant pour le rejeton de Jack London et de Hemingway, ou, pour rester dans la tonalité du bonhomme, pour Ethan Hunt dans *Mission impossible*. *Mission impossible.* Quelque chose se connectait dans ma tête. L'émission d'Arnaud utilisait pour son générique de lancement la fameuse musique de la série américaine des années soixante. Pam-pam-palam-pam-pam-pam ! Quelle bonne idée ! La même que celle de tous les montages amateurs de clubs vidéo. En tout cas, c'est là que j'avais vu ce Ludovic Bowers. Il y était régulièrement invité en effet. Comme expert, comme intervenant, comme polémiste. Entre le personnage maquillé, cravaté, pondéré dans ma télévision et l'histrion éclabousseur en maillot de bain, je n'avais pas fait le rapprochement, mais ça y est, je le remettais ! L'avocat avait bâti sa réputation quelques années plus tôt en défendant une ONG de secours aux migrants qui traversaient la Méditerranée ; aujourd'hui, il défendait le cas d'un ministre empêtré dans une affaire de corruption avec un laboratoire pharmaceutique. C'était complet. Le dernier type que j'ai envie de voir s'arrêter si je fais du stop, même sous la pluie. Après Trump, peut-être. Et encore. Disons après Michel Barnier. Celui-là, je l'ai entendu à la radio ce matin, de fait, il est plus ennuyeux que la pluie.

« Après la Corse, on part à Milos », a annoncé Amandine, en levant le menton vers moi, comme son père, pour s'assurer que je ne connaissais pas ce nom. « C'est une île des Cyclades, la première à avoir été habitée, sept mille ans avant Jésus-Christ », m'apprenait-elle. Je regardais l'eau scintillante de la piscine. En plissant les yeux, je pouvais, sans bouger, imaginer une crique grecque. Un petit silence bienvenu s'installa, que Laure rompit en racontant que, l'année passée, ils avaient effectué un grand voyage dans l'ouest des États-Unis. Cela avait été, disait-elle, une expérience unique mais il fallait désormais être raisonnable, que ce soit en termes sanitaires ou de bilan carbone. Laure était parfaite, aussi lisse que l'eau de la piscine qui s'était enfin calmée, à nouveau souple et plate comme une panthère bleue endormie.

« Milos est loin des hordes touristiques, loin des foules selfisées et des délires Instagram. Vous savez, des tas de gens choisissent leur destination de voyage en fonction des répercussions Instagram », disait Arnaud d'un air consterné, avant d'ajouter : « Enfin, il paraît que le phénomène lui-même s'essouffle et que les gens cherchent désormais à vivre une expérience plus authentique, plus personnelle, loin de ces mises en scène de soi-même. » En y réfléchissant ensuite, je me suis dit que son raisonnement tournoyait en s'abîmant dans un vortex sans fond. Que ce soit pour se mettre avantageusement en scène, ou bien au contraire pour mettre en scène sa discrétion, sa différence, il s'agissait toujours de se distinguer, de briller par son absence, d'exister coûte que coûte. Imaginant la surface de la piscine comme celle d'un océan, j'y projetais des milliards de minuscules êtres agitant leurs bras. Ils veulent, nous voulons tous être sauvés de ce que nous considérons comme une noyade : l'anonymat.

Amandine, qui s'était absentée sitôt son verre avalé, est revenue annoncer à son père qu'elle devait se rendre à son cours de harpe. La harpe, bah voyons. Même si je n'étais pas surpris, j'avais quelques difficultés à imaginer Amandine en fée éthérée sagement assise dans la lande, ses doigts courant sur les cordes pour faire naître une mélopée envoûtante. Je la voyais plutôt en *Obersturmführer*, pour filer la métaphore *Kommandantur*. J'ai craint qu'elle n'ait lu dans mes pensées car elle a dit en me jetant un petit regard pointu, comme pour mettre un point final à la conversation sur les vacances (à la manière d'un manager qui vient conclure la pause d'un groupe de travail) : « Tout le monde n'est pas en vacances ici… »

Comme chaque fois, mon malaise ne faisait que s'approfondir, j'étais avec eux, mais non parmi eux. Ils voulaient être cool avec moi, mais j'étais leur employé, un employé de maison, comme la jeune femme aux tee-shirts fabriqués au Pakistan, je n'avais rien à faire là. Tout cela était invraisemblablement vain, malsain, « mortel », aurait dit Ludo, pour une fois à bon escient. Et Amandine avait raison : je devais finir l'installation des goutteurs sous chacun de mes plants fraîchement repiqués de plusieurs variétés de courgettes, de concombres, de courges, de blettes, de salades, de tomates, de pois. Leur disposition était scientifiquement élaborée car l'été était bien trop avancé pour planter, mais je connaissais les secrets cosmiques et l'alchimie des fleurs mellifères. Et puis je savais la nature bonne mère, et souvent indulgente avec mes approximations dilettantes. Je les ai laissés à leurs bons mots et à leurs sourires de lin, et je suis donc retourné à mes buttes.

Chaque plant enfoncé dans la terre me donnait l'impression d'être un petit soldat qui s'engage au service de la vitalité de la nature. En ouvrant la vanne principale du goutte-à-goutte, je me voyais appuyer sur la détente d'un pistolet de starter qui lançait la course à la vie. La chaleur devenait étouffante, l'herbe du parc grillait, les feuilles des arbres se recroquevillaient, mais chacune de mes petites protégées allait recevoir plusieurs fois par minute l'équivalent d'un grand seau d'eau sur les pieds, je les enviais.

Je suis allé voir Lebowski, qui, toujours auprès de son arbre, vivait heureux. Je suis à peu près certain que, même sans corde, il n'aurait pas bougé. Je l'ai détaché et entraîné jusqu'à l'étang, vert, grouillant de vie. Son eau était à celle de la piscine ce qu'un *Midi-Olympique* périmé est au *Singapore Airlines Magazine* : incomparable. J'ai retiré mes gros souliers de chantier et j'ai trempé mes pieds. Une sensation de bien-être m'est remontée jusqu'au cuir chevelu. Lebowski m'a regardé et, peinard, m'a imité. Il s'est avancé dans l'eau jusqu'aux coudes. On dit qu'il faut mouiller les coussinets des pattes d'un chien pour le rafraîchir. C'était fait. Il m'a jeté un coup d'œil, et, sans attendre mes encouragements – et à ma grande surprise –, il s'est avancé très doucement dans l'eau et s'est mis à pédaler. J'ai ressenti une fierté stupide. Un vrai retriever, bon sang ! Seule sa grosse tête émergeait. Il nageait ! Certes, davantage comme un buffle sous Tranxène que comme un jaguar, mais il nageait. Je n'ai pas pu résister, j'ai ôté mon tee-shirt et mon pantalon, et j'ai plongé. Quelle fraîcheur ! Quelle verdeur ! J'ai glissé jusqu'à mon chien. J'ai posé une main, puis les deux, sur ses épaules, j'ai été sidéré de sa flottaison. Le gros père flottait comme un bouchon de liège. Il aurait presque pu être un chien de sauvetage en mer ! Après tout, il avait la taille d'un terre-neuve. Bon, certes, il lui faudrait un peu travailler son crawl… Lebowski se promenait dans l'eau comme un poète dans un champ de coquelicots. Il était heureux, moi aussi.

Nous sommes ressortis, Lebowski s'est ébroué parce que c'est ce que font les chiens quand ils sortent de l'eau, mais d'une manière si léthargique qu'il semblait ne pas cautionner cette pratique. Je me suis placé dans une trouée de soleil et j'ai écarté les bras comme un cormoran qui se fait sécher. L'extrémité d'une branche de saule a caressé mon épaule. J'aurais voulu me dissoudre dans l'air incandescent, que seules l'eau et l'ombre empêchaient de s'enflammer. J'essayais de ne penser à rien. Peine perdue (comme toujours, ou presque). Certes le fantôme liquide de Jeanne ne flottait pas sous la surface du petit étang, et son hologramme ne franchissait pas l'espace là-bas entre ces deux trembles aux troncs blancs ; mais la petite photo aux couleurs passées ne me lâchait pas les méninges.

Je calculais rapidement que la petite Jeanne avait environ six ans quand Amandine est née. Qu'elle avait dû aimer ce bébé comme une petite mère. Ce n'était qu'une hypothèse, mais quand même plus que probable. Est-ce qu'elles se parlaient encore ? Si Jeanne avait gardé un contact avec cette famille, c'était sûrement avec Amandine. Ça n'allait pas m'aider.

# Madame la juge d'instruction, Carole Tomasi

Carole Tomasi fit une pause dans sa lecture. Elle retira ses lunettes et les posa sur le grand cahier ouvert. Un cahier Oxford bleu de quatre-vingt-seize pages remplies de ce texte rédigé d'une écriture fine par M. Jim Toni Carlos ; jardinier de profession, disparu depuis plus de deux mois. Elle se frotta les yeux et revint sur un paragraphe de la page précédente :

« Que ce soit pour se mettre avantageusement en scène, ou bien au contraire pour mettre en scène sa discrétion, sa différence, il s'agissait toujours de se distinguer, de briller par son absence, d'exister coûte que coûte. Imaginant la surface de la piscine comme celle d'un océan, j'y projetais des milliards de minuscules êtres agitant leurs bras. Ils veulent, nous voulons tous être sauvés de ce que nous considérons comme une noyade : l'anonymat. » Cette réflexion, par-delà sa lourdeur onirique, la laissait songeuse, de même que l'utilisation, dans la dernière phrase, du présent de l'indicatif. *Nous voulons tous être sauvés.*

Carole Tomasi était la juge d'instruction à qui le procureur avait confié l'enquête sur la disparition de Jim Toni Carlos, né à Cerbère dans l'Aude, cinquante-deux ans plus tôt. Carole était jeune, membre du Syndicat de la magistrature, et le procureur ne l'appréciait guère. La plupart des dossiers qu'il lui transmettait étaient sans enjeu. Elle savait aussi que la quasi-totalité des disparitions qui concernent les hommes de cet âge s'avèrent délibérées, bien souvent des fuites à l'étranger, motivées, un, par des raisons financières, deux, par des raisons sentimentales. Elle avait donc vérifié l'état des comptes de Jim Carlos : ceux d'un modeste artisan, sans dettes insurmontables, sans pactole, sans surprise. Ni son compte courant, ni les deux comptes de sa société, ni son livret A n'avaient été touchés depuis un paiement de quatre-vingt-sept euros effectué le 23 décembre dans un Carrefour Market. Aucun retrait important, aucun achat de billet d'avion ou de train, aucun achat exceptionnel. Cet élément avait intrigué la juge : les disparations volontaires étaient très souvent précédées de dépenses inaccoutumées.

Or, ce matin même, un gendarme adjoint volontaire du service courrier lui avait apporté ce cahier bleu. Madame la juge ayant ordonné une seconde fouille des effets du disparu, les enquêteurs avaient découvert ce cahier dans une sacoche prélevée au domicile de M. Carlos deux mois plus tôt.

Le signalement de la disparition datait du 12 janvier. Il avait été effectué par Mme Claire Abgrall, quarante-huit ans, institutrice, demeurant à Plouzanec, dans le Finistère. Le procès-verbal de la gendarmerie du Conquet précisait que Mme Claire Abgrall avait été la compagne de M. Jim Carlos durant douze années, qu'ils étaient séparés depuis quatre ans mais qu'ils étaient « restés en bons termes », avait écrit le gendarme. La jeune femme s'était volontairement rendue à la gendarmerie pour informer les autorités que Jim Carlos ne répondait plus à ses appels depuis plus de dix jours, alors qu'ils devaient, ensemble, aller rendre visite à des amis communs le 9 janvier. Elle s'en était donc inquiétée.

Les gendarmes du Conquet avaient alerté leurs confrères de Magny-en-Vexin, qui s'étaient transportés au domicile de M. Jim Carlos, chemin des Vendoux, sur le territoire du Plessis-en-Vexin. Sur place, en pénétrant dans cette maison en bois sise à la sortie du hameau, à l'orée de la forêt du Theuil, ils avaient été persuadés, à cause de l'odeur de décomposition, d'avoir affaire à un suicide, comme il y en avait tant à la campagne. Mais il s'agissait de la charogne d'un chien. La mention « gros chien jaune à poil long » figurait dans le constat rédigé avec un stylo défectueux. Selon un rapport vétérinaire, l'animal était mort de faim et de déshydratation. Il s'agissait du golden retriever de Jim Carlos, pucé au nom de *Dumby*. Le *Lebowski* du cahier bleu.

Le nom de Jim Carlos avait été ajouté à la longue liste des avis de recherche communiquée à tous les commissariats et gendarmeries du territoire national, ainsi qu'à Interpol, c'était la procédure. Une photo accompagnait le nom, l'âge, la profession et la date de disparition. Un agrandissement de Photomaton, peu flatteur, d'un homme au visage long, aux traits fins, dégarni sur les lobes latéraux, il portait une barbe courte qui prolongeait des pattes taillées à la manière des rockeurs. Le regard, noir, exprimait une malice retenue, que Carole Tomasi ne manqua pas de remarquer.

Arnaud, Laure et Amandine Loubet avaient été convoqués par la gendarmerie le 16 janvier pour y être entendus lors d'une audition de routine. À cette date, ils étaient, à la connaissance des gendarmes, les derniers à avoir été en relation avec Jim Carlos. Ce jour-là, les

Loubet devaient tout ignorer de la raison de leur convocation, mais, au cours de leur déposition, ils avaient beaucoup insisté sur le fait qu'ils n'avaient eu que très peu d'interactions avec ce nouveau jardinier qui travaillait pour eux depuis peu. Laure avait précisé : « D'autant qu'il venait avec son chien, et que ma fille a très peur des chiens, elle ne les supporte pas. »

Carole relut un passage du manuscrit : « Enfin, j'ai ajouté que, si mon chien était désormais interdit de séjour, le chantier s'arrêterait sur-le-champ et qu'il faudrait quelqu'un d'autre pour le finir, à moins qu'elle ne veuille le faire elle-même, ai-je ajouté pour conclure. Elle m'a observé sans ciller, intéressée, un peu comme une zoologiste devant une variété de primate inconnue : un jardinier doué de la parole. Puis, finalement, comme si cette découverte la réjouissait, elle a eu un sourire discret et m'a demandé soudain avec une aimable légèreté si je voulais me joindre à eux pour le déjeuner. "Ma mère est absente, je suis seule avec mon père, et il a pensé que ce serait intéressant pour moi de vous rencontrer." Cette petite insolente piquait ma curiosité, j'ai accepté son invitation. »

De l'écriture certes il émanait un parfum de fiction, mais aussi, après avoir lu la déposition d'Amandine, des accents d'une évidente vérité. Les Loubet avaient-ils, oui ou non, déjeuné, et à plusieurs reprises, avec Jim Carlos ? Carole Tomasi se faisait fort de tirer l'affaire au clair.

La juge d'instruction fit convoquer M^e^ Ludovic Bowers, l'avocat pénaliste franco-britannique (son père était écossais) qui n'avait jamais été entendu par les gendarmes. Dans le modeste bureau aux couleurs grises de la juge Tomasi, le jeune et brillant avocat confirma

les dires des Loubet : non, il n'avait jamais rencontré, à proprement parler, ce jardinier nommé Jim Carlos. Peut-être l'avait-il *aperçu* ? « Oui, c'est possible », avait-il admis sur un ton qui ne laissait guère planer de doute sur le manque d'intérêt que tout cela lui inspirait. S'était-il baigné lors de sa visite au manoir des Prés Poleux le 27 juillet ? « Oui, c'est possible. »

Il avait répété sa réponse, identique, avec une lassitude impatiente qui frisait le dédain. La magistrate était capable de mémoriser des centaines de pièces de dossier, et celui de Jim Carlos était si maigre qu'elle le connaissait déjà absolument par cœur. Elle aurait pu réciter le cahier bleu en entier : « Tout y passait. Il basculait et frappait la surface comme un ours pêchant le saumon dans un torrent canadien, soufflait dans l'eau comme une otarie, crachait un jet d'eau de baleine puis s'affalait sur un matelas pneumatique, imitant le geste d'un fumeur de cigare. » Si Jim Carlos décrivait la réalité des faits, était-il possible que l'on oublie ce genre de baignade spectacle ? Ou bien est-ce que ce jeune homme assis en face d'elle, si décontracté, se comportait de la sorte tous les jours ? Se levait-il tous les matins en faisant un peu de trampoline sur le lit pour amuser sa femme ou sa partenaire de la nuit ? Avant une petite séance de twist devant la cafetière pour se mettre en jambes ? Ludovic disait : « Oui, c'est possible », mais Carole Tomasi pensait : « Non, ce n'est pas possible. »

« Vous connaissez Jeanne Loubet ?

– Non.

– … C'est la fille aînée des Loubet.

– Oui, ça je le sais, mais je ne la connais pas plus que ça.

– “Pas plus que ça” ?

– Pas plus que ça.

– C'est vous qui avez conseillé à vos… à vos amis ? à vos clients ? de prétendre ne pas avoir invité Jim Carlos à leur table ? »

La juge laissa flotter un petit silence.

« Ce n'est pas à vous que je vais apprendre que, face à la Justice, le mensonge est une arme particulièrement délicate à manier. »

Elle savait qu'il en fallait plus pour déstabiliser un professionnel de la déstabilisation des témoins, mais elle semblait apprécier ces petites piques, d'ailleurs il s'impatienta.

« Sans vouloir paraître arrogant, j'imagine que vous connaissez mes tarifs ? Nul besoin, je suppose, de préciser la somme que vous me faites perdre, ce serait faire preuve de goujaterie. »

Il eut un regard vers la greffière. Plus fragile que la juge. Carole s'adressa donc à elle :

« Veuillez bien noter s'il vous plaît. *(Elle ouvrit un autre dossier.)* Je constate dans les archives que vous avez été, il y a trois ans, le défenseur de Mme Jeanne Loubet. »

Ludovic n'eut aucune réaction. Il resta quelques secondes les yeux fixés dans ceux de la juge, puis un sourire discret étira le coin de ses lèvres, côté droit.

« Oui. Un petit service que j'ai rendu à mes amis. Une affaire tout à fait minime. Je ne prétends pas "connaître" – pour reprendre le terme de votre question – tous mes clients, et surtout pas Jeanne, qui est une jeune femme complexe. »

La juge lut, sur un ton froidement administratif, le chef d'inculpation du tribunal correctionnel :

« Injures et voies de faits sur agent dépositaire de la force publique.

– Complexe et impulsive.

– Vous savez la décrire mais vous ne la connaissez pas.

– Pas plus que ça.

– J'ai l'impression que c'est surtout votre rapport à la vérité qui est plutôt complexe.

– Nous ne faisons pas le même métier.

– En effet. »

Carole Tomasi savait qu'elle n'en tirerait pas davantage.

Mais elle avait obtenu ce qu'elle recherchait : la confirmation que quelque chose clochait. Pourquoi cet avocat mentait-il ? Ou du moins pourquoi tenait-il tant à édulcorer les faits ? Et pourquoi les Loubet s'efforçaient-ils de minimiser leurs interactions avec le disparu ? À moins que ce dernier n'ait tout fabulé ? Ce n'était pas à exclure non plus. En fin d'après-midi, elle reprit sa énième lecture du cahier bleu, là où elle l'avait laissée.

*(Cahier bleu, suite)*

# Samedi 2 août

Après avoir promené Lebowski, je devais m'attaquer au ménage.

Car ce chien ne chasse pas, ne pêche pas, ne garde aucun troupeau, ne ramène rien, ni journal ni pantoufle, ne surveille rien, ne repousse ni les intrus ni les chats, ne guide aucun aveugle, ne tire aucun traîneau. Il n'est pas non plus particulièrement affectueux ou attaché à moi. Lorsque je le laisse à mon cousin ou à ma voisine, il s'en fout. Et, bien entendu, il ne fait pas non plus le ménage.

Peu importe, j'avais mis au point une technique imparable pour surmonter cette insoutenable corvée qui incombe à tout un chacun, et plus encore au propriétaire de goldens qui libèrent, chaque jour, l'équivalent de la chevelure de Donald Trump jeune. Il faut imaginer ce que signifie raser entièrement le crâne de cet individu, puis, au lieu de balayer le tapis de cheveux au pied de la chaise, de les pulvériser au sèche-cheveux dans tout l'appartement. Tous les jours. Voilà ce que signifiait laisser entrer un golden retriever dans une maison. Bref, ma technique consistait à ne pas envisager la tâche à accomplir d'un bloc, avec du recul et une bonne vue d'ensemble, comme pour préparer le débarquement en Normandie, mais plutôt d'accomplir chaque geste un par un, de me concentrer sur le geste en question sans penser, du tout, au suivant. J'avais appris ça grâce à la terre et à toutes les tâches répétitives d'un jardinier. Même si, la plupart du temps, j'aimais ce que je faisais, il y avait parfois des travaux qui constituaient d'authentiques tannées, et je pouvais me les coltiner avec la sagesse ancestrale des paysans. Le bon geste, répété, sans précipitation, sans urgence, car le temps finit toujours par accomplir son œuvre.

J'ouvrais la porte du placard, je sortais l'aspirateur, je le branchais. L'aspirateur était l'unique chose au monde qui impressionnait cet animal, comme si son but dans la vie était de remplir ma maison de poils, et que cet objet lui infligeait le supplice de Sisyphe. Lebowski regarda l'objet maudit qui s'apprêtait à hurler comme une âme perdue dans des fréquences douloureuses et demanda à sortir. Ce qui se traduisit par un de ses relevages façon vache laitière à l'heure de la traite, quelques pas lourdement chaloupés jusqu'à la porte de la cuisine donnant sur le jardin, et c'était tout. Ensuite, le museau à deux centimètres de la porte, attendre. Attendre qu'elle s'ouvre, ça arrivera bien un jour ou l'autre. Donc, comme d'habitude, je l'ai fait sortir et je m'y suis mis.

Une fois ma tâche accomplie, j'ai refait du café et je me suis assis devant mon ordinateur, cette machine qui est à l'homme, et cette fois sans rire, ce que l'aspirateur est à Lebowski, l'outil de la boucle sans fin, la petite roue en plastique du hamster. Je mis de côté mes devis et mes commandes chez les fournisseurs, et je me laissai, une fois de plus, happer par les saillies de zinc, les envolées de comptoir et les blagues à deux balles du bar des solitaires : Facebook. J'avais pourtant fait un tri radical parmi tous ces amis inconnus, écartant les lourdauds, les fachos, les mythos et les charlots. Certes, j'avais lié des contacts avec quelques collègues, riches d'enseignements sur le bio, la permaculture et les symbioses végétales. Ils étaient silencieux ce matin. Il me restait les pubs (l'algorithme me fléchait pour les bottes en caoutchouc recyclable et le fumier 100 % naturel, c'était flatteur), les éditorialistes à flux tendus avec leur petite cour de *likers* comme des canetons derrière leur mère, les poètes du week-end, les narcisses blessés qui se soignaient en déclamant leur amour pour leurs propres enfants, les rois de la maxime romantique, « voici venu l'été et sa farandole de jambes et de seins », écrit celui-là, par exemple, et sans rire. Je m'étais également lassé des intellos du selfie « arty », qui ne se photographiaient pas eux-mêmes, trop vulgaire, mais ce qu'ils gratifiaient de leur regard, avec un décalage créatif (sinon on a droit au paysage des vacances avec mer bleue suicide, voire à la pizza des familles) : donc un noir et blanc profond fera l'affaire, ou encore un savant trucage des couleurs avec l'appli qui va bien – accompagné du commentaire littéraire sur la mélancolie de la lumière ou la fascination irrésistible des inconnus de lointains pays. (Je caricature, une pépite surgissait parfois, aussi perdue et anachronique qu'un Charlie Parker égaré dans une fanfare de village en fin de kermesse.) Le tout ponctué par le fond de roulement des lamentations, baignées des larmes d'emojis, des épiciers des catastrophes et des disparitions – c'étaient parfois les mêmes – avec leurs cortèges de « RIP » pour gratter un peu de la notoriété du mort, et autres « de tout cœur avec les habitants de telle ville ou de tel pays » qui venaient de subir un drame. Ils me faisaient penser à ces gens – tout le monde en fait, nous tous, plus ou moins – qui, en période de guerre, continuent de faire leur petite pelote tranquillou-bilou tout en se lamentant sur la catastrophe en cours. Car la pelote aujourd'hui, potentiellement trébuchante, c'est aussi la popularité numérique, catastrophe ou non.

Tant et si bien que ça m'a rapidement gavé. J'ai délaissé le virtuel pour l'organique, les faux-semblants pour la vraie vie. J'ai mis un disque. The National encore, *Trouble Will Find Me*. J'ai gratouillé le ventre doux et chaud de mon pote Lebowski, ce qui le faisait immanquablement rouler sur le dos et grogner de gratitude.

J'ai hésité à téléphoner à Claire. J'avais envie d'appeler Claire quand j'allais très bien ou très mal, ce qui n'arrivait pas souvent, ni l'un ni l'autre. Je n'allais pas vraiment bien, mais pas si mal non plus. J'avais à régler dans la journée des choses assez simples et je devais passer la soirée avec Philippe, Christophe et Léa, des amis de toujours. Je ne ressentais plus jamais la blessure fantôme de ne pas avoir d'enfant quand tous les autres passaient par les couches puantes et l'invasion du plastique coloré, puis par la sidération de voir les tendres et joyeux *bambini* devenir des zombies boutonneux, maussades et fuyants. Aujourd'hui, la plupart des enfants de mes amis avaient pris leur envol, et on espérait vaguement qu'ils fassent la même chose à leur tour : construire un nouveau nid, même si on ne savait plus vraiment si ça en valait encore la peine.

Quand j'ai rencontré Claire, elle avait déjà une petite fille de neuf ans, Maëlle. Et cela lui a suffi. À moi aussi. D'ailleurs la petite voyait encore son père un week-end sur deux. Je m'imaginais bien finir mes jours avec Claire. Pas elle, apparemment. Je n'ai jamais bien compris pourquoi. Elle m'a toujours dit que je n'y étais pour rien, que le problème venait d'elle, qu'elle n'avait rien à me reprocher, que nous resterions liés, mais qu'elle était trop sauvage pour cohabiter avec qui que ce soit au quotidien. Disait-elle cela pour m'épargner ? Peut-être. Le savait-elle seulement elle-même ? Je la suspectais d'être restée une adolescente romantique qui préfère la violence de la solitude au bonheur tranquille d'un vieux couple. Mais je me faisais sans doute aussi, comme elle, des films.

C'est ainsi que ce samedi en fin de matinée… (alors que, la veille encore, je m'étais laissé aller à imaginer plusieurs scénarios susceptibles de justifier la disparition de Jeanne. Des histoires qui finissaient toutes par considérer que ce morceau d'os lui avait appartenu et que la pauvre enfant avait été assassinée après avoir subi des sévices déployant un éventail d'horreurs inspirées des séries Netflix ou de thrillers grand public : retenue dans une grotte suintante, nue, menottée, martyrisée, ongles et dents arrachés, seins brûlés à la cigarette et autres découpages charcutiers)… ce samedi donc, à midi dix, on a sonné chez moi.

J'ai ouvert la porte d'entrée. Une jeune femme se tenait devant le portillon. (Je devais apprendre quelques minutes plus tard qu'elle avait vingt-quatre ans, presque le même âge que Maëlle.) Une fille brune, fine, mobile, déguisée en épouvantail. J'ai imaginé, tel le crétin de base, que c'était une Gitane en repérage de menus travaux ou de cambriolages. Je lui ai demandé qui elle était. Depuis le portillon, elle a crié : « Jeanne Loubet ! » Je suis incapable de me souvenir de l'effet que ce nom a produit sur moi, un genre de vide je dirais. Je l'ai invitée à entrer, elle a franchi le petit portail et s'est avancée d'une démarche élastique, très fluide. Je n'ai pas pu m'empêcher de me dire que, si le morceau de fémur lui appartenait, des chirurgiens avaient dû faire un boulot du tonnerre pour que sa locomotion n'en soit pas le moins du monde affectée.

Elle portait un grand sac informe qu'elle a déposé dans le vestibule. Elle est restée là, debout, près du sac. Elle attendait que je lui dise quelque chose, elle ne voulait pas investir les lieux sans autorisation. Son attitude était réservée mais elle me regardait droit dans les yeux. Cette fille était aussi vivante que Lebowski endormi, car bien entendu celui-là n'avait pas même frémi de l'oreille, malgré ma sonnette de caserne qui était capable de faire calencher quiconque souffrant d'une défaillance cardiaque, même minime. J'ai dégluti et j'ai dit d'une voix de gamin : « Ne restez pas là, entrez. »

Elle a fait quelques pas dans le salon, et je me suis félicité dans un premier temps de mon initiative matinale ménagère : un appartement de célibataire qui ne cédait pas à la caricature du désordre d'ado attardé, avant de me demander si, pour cette fille à la cool, je ne passais pas pour un maniaque, un genre de petite fée du logis à grosses paluches. Dans tous les cas, elle est restée sagement plantée au milieu de la pièce et a attendu que je l'invite à s'asseoir, on ne se défait pas si facilement de sa bonne éducation. Elle s'est calée dans le fond du canapé, bien à l'aise avec elle-même, et m'a dévisagé sans rien dire. Chez moi, sur mon terrain, je me sentais battu d'avance. Ça ne m'arrive pas si souvent. J'ai fini par lui demander ce qu'elle faisait là. Elle est restée silencieuse mais s'est mise à sourire, un sourire un peu en biais. Elle était finaude. Je ne me sentais pas au mieux. J'étais au bord d'une forme d'hydrocution conversationnelle. Alors elle m'a jeté une bouée, de loin.

« Il me semble que c'est plutôt moi qui devrais vous demander pourquoi vous sillonnez le pays à ma recherche. » J'ai commencé à lui expliquer que je travaillais chez ses parents, elle m'a coupé, « Oui, je sais ». Je l'ai à mon tour regardée droit dans les yeux et, assez étrangement, toute ma gêne avait subitement disparu. Je me souviens de m'être dit, et je n'en suis pas fier : « Si j'avais une fille, je voudrais qu'elle soit comme elle, plutôt que comme Maëlle. »

Les pensées se sont précipitées dans mon esprit, je me suis souvenu de ma rencontre avec Marie-Ange à Doussac. La femme du bar m'avait demandé ce que je faisais « dans la vie ». Pris au dépourvu, j'avais dit la vérité : « jardinier ». Marie-Ange avait dû prévenir Jeanne d'une manière ou d'une autre (elle m'avait donc menti en me disant qu'elle n'avait aucun moyen de la joindre, à moins que Mathilde n'ait servi d'intermédiaire ?). Et la jeune femme avait fait sa petite enquête. Ce n'était certes pas si compliqué de dénicher mon nom (auprès de sa sœur ?), et ensuite de le taper dans un des annuaires numériques des jardiniers de la région. Mais, quand même, cette fille-là me donnait l'impression d'être d'une efficacité redoutable, derrière son allure de Joan Baez de la grande époque, mâtinée de Cyndi Lauper avec toutes ses nattes et ses perles colorées. Ses cheveux tombaient en frange sur des yeux songeurs et sa bouche affichait une moue sceptique mais, étonnamment, l'ensemble paraissait se retenir de rire. Elle me faisait aussi penser à Claire Bretécher, en jeune, et en brune, et en vivante. Elle m'a posé une rafale de questions. En particulier sur mes origines. Je lui ai raconté mes racines catalanes, mon grand-père activiste et secrétaire d'une cellule du POUM pendant la guerre d'Espagne, son exécution et la fuite de ma grand-mère avec ses enfants, dont mon père, à Cerbère, juste derrière la frontière. Elle m'a questionné sur l'indépendance de la Catalogne, je lui ai répondu que c'était un sujet très compliqué, et ambigu. Elle m'a regardé comme si elle était face à un couard de la pire espèce, fuyant les questions et les opinions pour se réfugier sous l'édredon du consensus mou, du ni-ni, du *en même temps*, et de l'eau tiédasse des commentateurs politiques officiels – comme son père.

« Et sur la corrida ? Là non plus, vous n'avez pas d'opinion ?

– J'en ai une. Mais je ne veux pas en discuter avec vous. »

Je n'étais pas idiot au point de tomber dans le panneau. Je lui ai dit qu'à Cerbère, il n'y avait pas d'arènes, juste la mer. Que mes seuls souvenirs d'enfance, avant que mes parents ne viennent travailler en région parisienne, mon père chez Simca, alors que je n'avais que sept ans, c'était la mer, que je plongeais avec un tuba avant même de savoir nager, et que j'ai continué à plonger en apnée dans pas mal d'endroits.

« Vous avez pratiqué la chasse sous-marine ?

– Oui. »

Décidément, elle semblait obsédée par la mise à mort des animaux. On s'est observés. Elle donnait l'impression de vibrer comme une corde de violoncelle après la dernière note. Je n'ai pas honte d'être allé chercher par huit ou dix mètres de fond des poulpes ou des rougets que j'ai mangés. Mais je me suis tu. Je me suis demandé pourquoi je racontais ma vie à cette gamine. Comme si elle était ma psychothérapeute ! Il y a eu un silence. Je lui ai proposé quelque chose à boire. Elle a accepté un thé. En allant préparer le thé dans la cuisine, je me suis posé, mentalement, c'était plus facile à distance. Qui était cette Jeanne Loubet ? Qu'est-ce que je projetais sur cette jeune femme ? ma fille ? ma psy ? Et puis quoi encore ?

Quand je suis revenu dans le salon, elle griffonnait sur un bloc de dessin avec des crayons de toutes les couleurs, comme ses cheveux. Lorsqu'elle avait posé son sac, j'avais remarqué qu'un petit chevalet dépassait de l'ouverture.

J'ai servi le thé, un thé vert au gingembre, pas terrible. J'ai regardé son croquis. Une esquisse de voilier. J'ai reconnu un ancien gréement catalan avec sa voile latine.

Le thé a quand même produit un effet de salon et a donné à notre conversation une tournure plus apaisée. Nous nous sommes donc mis à causer de bateaux.

En cette matière, comme en toutes matières, j'étais le gars modeste, même mes rêves de bateaux étaient modestes : un Zodiac peut-être ? Un petit Boston Whaler d'occasion au mieux. Mais, Zodiac ou Boston, il faut bien un peu d'eau pour les faire flotter, habiter au bord de la mer, d'un lac. Un rêve modeste, de retraité ; un rêve de plouc. Je ne me suis pas étendu, j'ai essayé de renverser la vapeur en fermant mon bec pour la laisser parler davantage. Elle m'a raconté des vacances en famille à bord d'un Dufour 63, un monocoque de dix-neuf mètres. Deux mois en Méditerranée : Corse, Sardaigne, Sicile, Grèce, Crète. Est-ce qu'ils n'étaient que tous les quatre ? Oui, mais avec un skipper quand même. Son père, m'a-t-elle dit, avait pris des cours de voile, il avait « fait les Glénans », mais il n'était pas « très courageux ». Elle m'a raconté que ce bateau était sans doute le seul souvenir agréable de sa vie en famille. Je me suis dit que ce perroquet décroissant assis sur mon canapé avait des goûts de millionnaire, mais ce devait être la jalousie. Il y a ceux qui prennent la mer, et ceux qui en rêvent. Je devais appartenir à cette espèce de marin par posture, même pas d'eau douce, un de ces types qui passent leur vie à construire un bateau qui ne sera jamais mis à flot. Ce ne serait donc pas seulement une histoire d'argent. Plutôt une question d'audace, de courage ? Mais Jeanne disait elle-même que son père manquait de courage. Or il ne manquait pas d'argent. Et il avait emmené tout le monde sur la mer pourpre d'Homère, tandis que je creusais la terre. La discussion m'a soudain agacé et j'ai décidé de passer aux choses sérieuses, et de l'interroger sur ses parents. Elle m'a coupé :

« Pourquoi vous me demandez tout ça ?

– Par curiosité. »

Elle m'a de nouveau examiné comme si j'étais un mystère tout à fait passionnant, mais je savais que c'était gagné, elle ne serait pas là sinon. Elle ne boirait pas ce thé en me scrutant. Elle et moi sentions qu'il y avait entre nous cette distance très spéciale qui autorise les grands déballages de printemps. Elle avait suffisamment voyagé pour savoir que l'on ne se confie vraiment qu'à certains étrangers que l'on croise parfois, en sachant qu'on ne les reverra jamais, et à qui l'on parle pour se parler à soi-même.

Elle a commencé par me dire que Laure n'était pas sa mère, qu'elle n'était que la seconde femme de son père après le décès de sa vraie mère lorsqu'elle n'avait que quatre ans. Ma première réaction a été de me dire que, si cet Arnaud Loubet n'avait pas tué sa fille, du moins pouvait-il avoir tué sa première femme, suivie du diagnostic immédiat que je souffrais de paranoïa sévère. Je me suis contenté de répondre que j'étais navré de l'apprendre, et je lui ai demandé de quoi sa maman était morte. Le cœur de sa mère avait cessé de battre alors qu'elle était en cure de repos dans un établissement psychiatrique pour traiter des crises d'angoisse devenues insupportables. Décidément, ce matin-là, face à cette fille, ma pensée battait la campagne en prenant les raccourcis ; j'étais en train de me dire que cette pauvre fille avait été élevée par une folle lorsqu'elle a ajouté : « Elle, elle est dingue, mais lui aussi. »

J'ai d'abord cru qu'elle parlait encore de sa mère, la vraie, même si le présent était bizarre, mais non, elle parlait de Laure. Elle a insisté en me répétant que cette femme formait avec son père un couple très pervers, très toxique, qu'elle ne voulait plus avoir aucune relation avec eux. Après une courte pause, elle a voulu ajouter quelque chose à propos de sa sœur : « Amandine elle-même a été… »

Mais elle s'est interrompue. Je l'ai encouragée à poursuivre :

« Amandine elle-même ?

– Non, rien. »

Elle a changé de sujet, enfin pas vraiment d'ailleurs, si on y réfléchit tout s'enchaînait selon une logique imparable, et elle en venait au but de sa visite :

« Merci de me laisser en paix maintenant. Je vais finir ce thé, et nous ne nous reverrons plus jamais. »

Je lui ai répondu qu'elle m'en disait trop, ou trop peu, même si, dans le temps où je prononçais ces mots, j'ai trouvé l'expression maladroite. Mais je voulais savoir pourquoi elle les traitait de dingues. Elle a bu quelques gorgées de thé sans me regarder, puis elle a longuement réfléchi avant de reprendre la parole.

« Ils ont tué mon chien, par exemple. Quand Amandine a eu cinq ans et qu'elle a décrété qu'elle ne le supportait pas… et que, soi-disant, il y avait eu un accident chez des amis à eux avec un dogue allemand

– sept fois la taille du mien – qui aurait arraché la main d'un jeune garçon. Ils ne m'ont jamais dit où, ni chez qui, enfin bref. »

Elle s'est interrompue, parce que à ce moment-là – on aurait pu croire qu'il réagissait à une forme de solidarité canine posthume – Lebowski, qu'on n'avait pas entendu se lever, a ramené sa grande carcasse et s'est approché tout près de Jeanne, jusqu'à poser son museau sur ses genoux. (Par chance, il était dans une phase – ça fonctionnait par phases – où il ne puait pas comme une paire de Moon Boots en laine de bœuf musqué portées en plein été.) Il la regardait avec sa bonne tête de phoque jaune passé au sèche-linge avec deux chaussettes pour faire les oreilles. On pouvait vraiment lui prêter un sentiment de compassion, bien que cette sollicitude devait plutôt, à mon avis, consister à proposer à cette jeune femme de la débarrasser d'un éventuel reste de sandwich au jambon qui aurait traîné au fond de son sac à dos. (Peut-être avec une petite boulette de shit ? Mais l'animal n'était pas un chien policier, c'était Lebowski !) Toujours est-il qu'elle a pris sa tête entre ses mains, qu'elle s'est penchée vers lui pour presser son front contre le sien en lui chuchotant quelque chose que je n'ai pas entendu. Et elle a repris son récit en précisant qu'ils avaient fait ça d'une horrible manière. Ils avaient noyé vivant le petit cocker noir dans la piscine, ligoté et lesté dans un sac à gravats. La pauvre bête avait émis des cris aigus durant de très longues minutes. Ils avaient enfermé Jeanne dans sa chambre. En ouvrant sa fenêtre, elle avait pu entendre les gémissements de son petit chien, étouffés par l'eau, voir son père immobile près de la piscine, et sa jeune demi-sœur sautiller de joie sur la margelle.

« Voilà, ça vous suffit ? »

Je l'ai regardée. J'étais coupé en deux dans le sens de la longueur. Le côté gauche la croyait, l'autre non. C'est le côté gauche qui a pris le dessus. Je ne voyais pas pourquoi elle aurait inventé un truc pareil. Je lui ai demandé à quel âge elle avait quitté le foyer. Elle m'a raconté qu'elle avait fait sa première fugue à quatorze ans et qu'elle n'était jamais vraiment revenue, sauf pendant le premier confinement, période durant laquelle elle vivait entre l'Argentine et le Venezuela, et où elle n'avait pas eu d'autre choix que de revenir au manoir, provisoirement.

« Dès que j'ai pu, je suis repartie. Ils sont trop désaxés. »

Elle a changé de ton pour me demander d'une voix très ferme : « Vous ne m'avez pas répondu. Qu'est-ce que vous me vouliez au juste ?

– Je ne sais pas exactement, peut-être que j'ai entrevu ce déséquilibre, et que je me suis inquiété pour vous.

– Eh bien, maintenant, vous voyez, c'est moi qui m'inquiète pour vous. »

J'éprouvais la curieuse sensation de pénétrer réellement dans une histoire de fous qui nous contaminait tous insidieusement les uns après les autres. Je me suis ainsi demandé si Jeanne n'était pas sérieusement névrosée, voire pire, si toute cette famille n'abritait pas des tares psychiatriques très lourdes. Je me souvenais de Claire lorsqu'elle parlait de certaines familles de ses élèves en les qualifiant de « dysfonctionnelles ». Mais toutes les familles ne sont-elles pas dysfonctionnelles ? Et surtout, n'était-on pas bien au-delà du « dysfonctionnel » pour flirter avec la psychose, avérée ou latente, mais potentiellement contagieuse ? Moi-même, obsédé par mon bout d'os, je pouvais bien avoir basculé dans une bouffée délirante, j'ai donc préféré ne pas parler de l'os, au risque de paraître aussi allumé que ses parents.

Elle m'a encore regardé attentivement, comme si elle comprenait que je lui cachais quelque chose tout en respectant mon silence. C'était fair-play de sa part ; quoique, à mon avis, elle-même était loin d'être transparente. Elle est restée immobile, au bord d'un sourire qui ne venait pas. Et soudain, elle était debout. Je l'avais à peine vue se lever. J'avais dû cligner des yeux. Elle m'a demandé de ne parler à personne, et surtout pas à ses parents, de notre rencontre. Elle m'a conseillé de prendre moi aussi mes distances avec eux, ne serait-ce que pour lui, m'a-t-elle dit en faisant un geste vers Lebowski qui la regardait, la gueule et les bajoues bien à plat sur le parquet, en faisant son petit numéro d'accents circonflexes avec ses sourcils.

Et elle est partie comme elle était venue, son sac sur l'épaule, comme un marin.

J'ai mal dormi, j'ai rêvé que je m'étouffais en plongeant sans bouteille dans une mer sombre et épaisse comme du pétrole. Je me suis demandé en me réveillant essoufflé si je ne faisais pas des apnées du sommeil.

Enfin ce n'était pas une raison suffisante pour annuler la promenade matinale du clébard, et même le grand tour puisqu'on était dimanche. J'entretenais avec cette obligation la même relation qu'avec mon métier : j'avais du mal à m'y mettre mais une fois que j'y étais, j'aimais ça. Surtout avec ce *coolman buddy* qu'était Lebowski. Voilà un chien qui échappait à la culture binaire des canidés : soumis ou dominant. Sans autre alternative. Je ne sais pas si c'était par calcul (le connaissant, ça m'étonnerait), mais il paraissait s'en moquer éperdument. Il était comme ces gamins solitaires qui longent les cours de récréation sans jamais participer aux grands jeux bruyants des autres, il avait tendance à ignorer la plupart de ses congénères, qui en restaient perplexes. Les plus agressifs ne le supportaient pas mais, vu sa taille, se méfiaient de lui et interprétaient son indifférence comme une possible astuce pour endormir l'ennemi. Car Lebowski ne feignait pas l'indifférence, il n'éprouvait pas l'indifférence, il ÉTAIT l'indifférence montée sur quatre pattes. Une ceinture noire de placidité, troisième dan, qui lui avait valu de ne jamais s'être fait attaquer par une de ces bombes sur pattes, un de ces boudins musclés aux mâchoires montées sur vérins. En général les mômes tenaient bien leurs staffs en laisse. En voyant ce nounours passer au large sans un regard, c'est-à-dire, dans leur monde, sans oser relever le défi lancé par leur arme biologique, ils riaient comme des débiles légers, cependant que Lebowski aurait siffloté s'il avait pu. Non pas cette fois comme un Rantanplan demeuré, mais, réflexion faite, comme un Rintintin (que seuls les téléphiles de plus de cinquante ans peuvent connaître, mais bon, c'était quand même autre chose que cette pauvre Lassie, passons) philosophe. Nous avons ainsi parcouru le chemin de halage qui longe la rivière en nous laissant bercer, surtout Lebowski, par l'oscillation du monde – le scintillement de la surface de la rivière, ses reflets clignotants sous les branches, les trémolos des merles, les odeurs de chèvrefeuille et le parfum humide des nénuphars. J'essayais de me mettre dans la peau de mon chien.

Nous sommes rentrés à la maison en fin de matinée, à l'heure du réveil pour les moins de cinquante ans qui-ne-savent-pas-qui-est-Rintintin, et des queues devant la boulangerie pour les autres, à qui les éclairs au chocolat rappelaient les sorties de la messe de leur enfance, auxquelles ils n'assistaient plus depuis longtemps.

Surtout pas Méphisto. C'est ainsi que nous appelions, dans le village, le fameux médecin légiste qui vivait au numéro 12 (il était moins une qu'il n'habitât au numéro 13) du chemin des Aubettes. Il est vrai qu'il aurait pu incarner le rôle sans maquillage : il arborait des sourcils plongeants et une barbe pointue pile poil. Il fuyait tout contact et vivait seul dans une immense bâtisse de brique insolite dans la région. Selon les anciens du hameau, la maison avait été une villa de fêtes et de réceptions avec le précédent propriétaire des années soixante-dix : Patrick Juvet au début de sa carrière, pour l'anecdote. La maison avait basculé de la vie à la mort, habitée désormais par ce bonhomme qui passait son existence à décortiquer des cadavres quelque part dans une succursale de banlieue de l'institut médico-légal dédiée aux suicides et aux accidents douteux. Le vieux Riton du café de la gare racontait que Méphisto avait été viré des enquêtes criminelles sur les meurtres et les assassinats, et déchu de sa qualité d'expert judiciaire après avoir fait de « grosses bêtises ». On se demandait bien quel genre de « grosses bêtises » un médecin légiste peut commettre. Rien qui puisse nuire à la santé de ses patients, ça c'était sûr, mais les hypothèses de Riton et de la bande du comptoir de la gare ne manquaient pas d'imagination. Des trucs infâmes qui permettaient aux bistros de conserver un léger avantage dans la course aux âneries par rapport aux réseaux sociaux. Car leurs élucubrations auraient toutes été, dans la seconde même de leur publication, censurées pour atteinte aux règles de la morale pudibonde américaine. Tu m'étonnes. Enfin bref, j'ai laissé Lebowski à la maison et j'ai sonné à la porte du numéro 12. Pas de réponse. Je ne me suis pas dit qu'il était absent, je me suis dit : il ne répond pas, il se repose dans son cercueil au milieu des toiles d'araignées. La porte s'est ouverte. L'homme était en jogging, un mug de café à la main. Méphisto avait une journée *off*. Je me suis présenté, nous nous étions déjà croisés mais j'étais à peu près sûr qu'il m'avait oublié. Il a hoché la tête. Je lui ai dit que j'avais une question, d'ordre technique, à lui poser. Il m'a prié d'entrer.

J'ai grimpé les marches du perron déglingué et je suis entré dans le hall, vide, hormis quelques cartons, comme s'il venait d'emménager ou s'apprêtait à déménager. Il m'a conduit jusqu'à sa cuisine, une grande pièce sombre dans laquelle trônait une magnifique table de chêne noirci. C'était plus propre qu'on ne pouvait le craindre. Je me souvenais qu'une femme de ménage venait régulièrement. C'était la seule personne que l'on voyait entrer et sortir, lui passait avec sa grosse Mercedes par le portail automatique à l'arrière de la propriété. Il m'a proposé du café. Il avait l'air humain finalement, malgré ses petits yeux noirs de chauve-souris. J'ai accepté le café. Il m'a demandé, avec un regard en coin, si je voulais une goutte avec. Une goutte ? Une goutte de quoi ? d'arsenic ? Puis j'ai percuté. Une goutte de gnôle, de calva ou de prune, un truc comme ça. Merci, non. Humain, au point d'en souffrir donc. Peut-être à cause de son combat contre le prince des ténèbres qui le tenaillait ? Et c'était parce qu'il passait ses nuits à dépecer des corps humains sur la table qu'elle était nickel ? La pensée m'a traversé l'esprit, et vaguement réjoui. Enfin un type qui ne vivait pas sa vie à travers les écrans et ses dimanches devant la momie bien embaumée de Michel Drucker.

Alors je lui ai parlé de mon os. Je lui ai dit que mon chien avait trouvé ce truc dans un jardin dans lequel je travaillais et que je me demandais bien ce que… si… J'ai soudain eu du mal à trouver mes mots, il m'a aidé à finir ma phrase : « Si c'est un os humain. » J'ai penché la tête sur le côté en signe d'assentiment et je lui ai tendu mon morceau d'os. Il a posé son mug et s'est approché pour s'en saisir. Il m'a jeté un coup d'œil trop bref pour que je sache s'il était amusé ou agacé. J'ai supposé qu'il était habitué à ce genre de questions qui devaient le fatiguer à la longue. J'ai imaginé une queue devant chez lui, comme devant la boulangerie, avec une foule d'énergumènes apportant chacun un os que leur chien avait déterré ici ou là. Je n'ai pas eu le loisir de laisser mon imagination vagabonder, il m'a demandé tout de suite où exactement j'avais trouvé cet os. J'ai répondu évasivement : « Dans un grand parc sur le plateau. » Il s'est déplacé pour se rapprocher de la fenêtre, une vieille fenêtre à petits carreaux que, visiblement, la femme de ménage n'avait pas eu le temps de nettoyer depuis un moment. Il a gratté l'os avec son ongle. Et il m'a dit : « C'est un bas de fémur humain en effet. »

Je n'ai pas fléchi les genoux, mais le cœur y était. C'était comme si tout à coup je me sentais coupable de promener avec moi le fémur d'un inconnu. J'ai eu envie de changer de sujet, mais la bifurcation était plutôt délicate à opérer. Je ne me voyais pas non plus finir ma dernière gorgée de café et lui fausser compagnie avec l'os en lui jetant : « Ah ? très bien, merci, bon bah, c'est pas l'tout, j'ai à faire, je vais rendre ce truc à mon clebs. » Finalement, c'est lui qui a repris la parole et m'a proposé de lui laisser ce bout d'os pour qu'il l'analyse. Bien entendu je devais accepter, mais ça me faisait drôle, comme si je m'étais habitué à trimbaler ce fragment de squelette avec moi nuit et jour. Bref, je le lui ai laissé.

Pour aller tout de suite à l'essentiel, quatre jours plus tard, Méphisto a glissé dans ma boîte aux lettres une grande enveloppe qui contenait son rapport, ses conclusions et un sachet en plastique à fermeture glissière qui contenait mon bout d'os.

Ce fémur avait appartenu à un individu de sexe masculin.

Décédé depuis quelques années, « entre 3 et 7/8 ans » (« à affiner selon les conditions géologiques de la décomposition »). Homme d'âge mûr, « 40/50 ans ; taille estimée 1,75 m ; masse musculaire probablement importante ; caucasien ; chaîne ADN non répertoriée ». Le voisin légiste avait collé un Post-it pour me conseiller d'aller voir la police avec ce compte rendu d'examen. Comme je suis un peu allergique à la police, sur le coup j'ai regretté de lui avoir parlé, mais c'est vite passé, car j'avais fait un immense pas en avant. Je l'ai appelé pour le remercier.

Quand je suis rentré chez moi ce soir-là, j'ai une fois de plus examiné ce débris humain sous plastique comme si je pouvais être frappé par une illumination. Je lisais et relisais ces lignes. « Taille estimée 1,75 m ; masse musculaire probablement importante. »

C'est qui ? C'est qui, bordel ?

Lebowski m'observait d'un air affligé, voire effondré. Il avait depuis longtemps renoncé à l'espoir de récupérer son os et semblait, lui aussi, s'inquiéter de ma santé mentale : qui pourrait bien avoir l'idée farfelue de mettre un os encore bon à ronger dans un sachet de plastique transparent hermétiquement clos ?

# Mme Carole Tomasi

C'étaient les derniers mots sur la dernière ligne de la dernière page du cahier de Jim Carlos : « hermétiquement clos ». Une fin en queue de poisson qui ne pouvait pas en être une. Il devait exister une suite, quelque part, à moins qu'il n'ait pas eu le temps de l'écrire.

À la suite de sa lecture, Carole Tomasi avait convoqué Régis Valin, le médecin légiste. Cet homme que les gens, selon Jim, appelaient Méphisto. Un surnom que la juge avait estimé trop sophistiqué pour être vrai et qu'elle avait attribué à la plume zélée de Jim Carlos. Mais quand l'homme était entré dans son bureau, elle avait changé d'opinion. Le médecin travaillait de nuit à l'IML et avait le teint aussi blanc que ses patients pour lesquels la médecine ne pouvait plus rien, pensa Carole Tomasi qui commençait à être contaminée par les formules des cahiers manuscrits du jardinier. Mais la réalité était là, devant elle. Il se dégageait de l'individu une impression de noblesse déchue, de courtoisie épuisée. Voire de comte solitaire des Carpates ? « Stop », décréta Carole. Elle revint aux faits.

Régis Valin confirma avoir été sollicité par Jim Carlos pour l'expertise, à titre amical, d'un morceau d'os. La magistrate lui demanda quelle avait été sa réaction en identifiant l'origine humaine de l'ossement. Il répondit qu'il avait invité Jim Carlos à se rendre à la police, et qu'il avait, de son côté, ainsi que le prévoient les règles de la médecine légale, transmis le code ADN en question au fichier des personnes disparues. Sans suite, précisa-t-il, le code n'était sans doute pas répertorié.

« Vous vous êtes renseigné ?

– Sur ?

– Sur le fait de savoir si, en effet, ce code ne correspondait à personne ?

– Non. Mais je l'aurais su si tel avait été le cas. »

Carole Tomasi savait qu'il y avait quatre-vingt-dix-neuf pour cent de chances qu'il dise vrai, mais elle vérifierait tout de même. Elle examina son témoin avec une attention soutenue. Il se comportait comme s'il mentait de A à Z. Mais elle savait que certaines personnes donnent cette impression, tandis que beaucoup de menteurs ont l'air de Petits Chanteurs à la croix de bois. Après quelques secondes de silence, elle lui demanda quelle impression Jim Carlos lui avait faite. Régis Valin hésitait, la question semblait lui poser des difficultés. Carole l'encouragea : « Quel genre d'homme est-il ? » Mais, en l'exprimant, elle jugea sa propre question floue, ambiguë, trop large. Elle regarda vers sa greffière, les mains suspendues au-dessus de son clavier, attendant que le témoin réponde. Il ne dit rien. L'homme pouvait parler aisément des êtres humains morts, mais paraissait beaucoup moins à l'aise avec les vivants. La bouche plissée, il fronçait ses sourcils noirs et obliques en fixant la moquette. Il réfléchissait. Carole Tomasi attendait la réponse de Valin tout en n'y attachant qu'une importance très relative. Elle savait l'essentiel. Jim Carlos avait raconté dans son cahier la réalité des faits concernant ce voisin expert, et l'homme avait agi conformément à la loi en déclarant sa découverte. Néanmoins, par politesse, elle attendait. L'homme finit par rompre le silence.

« Rien de spécial. »

Carole le regarda. Cet homme avait fait dix ans d'études pour soigner les humains. Et quand on lui demandait son opinion sur l'un d'eux, il lui fallait trois minutes de réflexion pour répondre : rien.

Elle ne l'en blâmait guère. Elle-même ne s'engageait sur le terrain psychologique qu'avec d'infinies précautions. Il y avait bien longtemps qu'elle avait décidé que les errements et les circonvolutions de la raison qui s'aventure dans les méandres et les faux-semblants des motivations profondes des individus étaient à fuir, ou du moins à éviter, car aucune de ces spéculations ne résistait à l'épreuve de vérité des faits. Elle avait tranché très jeune la question : les gens n'étaient que ce qu'ils faisaient, point. Tout le reste n'était la plupart du temps que de la poudre qu'ils jetaient à ses yeux. Elle remercia Régis Valin, qui signa sa déposition sans la relire et quitta les lieux en laissant planer derrière lui un étrange parfum d'eau de toilette. Elle crut y déceler une rémanence d'essence de formol, mais ce n'était peut-être qu'une projection.

Chaque fois que Carole recoupait les informations des cahiers de Jim, leur exactitude se confirmait. Et, chaque fois, lui revenait en tête le flottement, ou plutôt le mensonge, elle en était convaincue, de Ludovic Bowers. Pourquoi, pour qui – avait-il caché sa rencontre avec Jim Carlos, sinon pour protéger les Loubet ?

Elle récapitula.

Si le cahier disait vrai, le jardinier avait retrouvé dans le parc des Loubet l'os d'un être humain mort quelques années auparavant. Les Loubet avaient-ils un rapport avec cette mort ? Ou bien ce corps avait-il été enfoui chez eux à leur insu ? Se pouvait-il que le bout d'os ait été déterré ailleurs et caché là, chez les Loubet, par un chien ? Mais ils fuyaient les chiens ! La gendarmerie avait retourné, en vain, le terrain autour du vieux puits décrit dans le cahier de Jim Carlos. Lequel Jim Carlos, en outre, avait disparu.

Les Loubet pouvaient-ils avoir un lien avec cette disparition ?

Ce cahier bleu, elle l'avait lu, relu, elle en connaissait le moindre mot. Elle pouvait de moins en moins se résoudre à aligner ce dossier sur l'étagère des disparitions non résolues comme il y en avait tant.

Lors de sa dernière entrevue avec le procureur, elle lui avait parlé, entre autres, de ce dossier de disparition et des nouvelles questions soulevées par la découverte du cahier. Des questions qui, selon elle, justifiaient la réouverture de l'enquête de la gendarmerie (qui avait été close). Voire de la PJ, suggéra-t-elle, car les faits pouvaient laisser penser qu'un crime avait été commis. Le procureur lui avait demandé avec une moue sceptique de lui faire suivre un mémo personnel et une requête officielle pour un complément d'enquête, « et j'aviserai », avait-il dit.

Sans attendre la réponse, Carole avait fait envoyer une nouvelle convocation au dernier domicile connu (grâce au fichier central des permis de conduire) de Jeanne Loubet, en Ardèche. La première était restée lettre morte. Elle avait décidé de lui laisser encore une semaine (en espérant que, dans l'intervalle, le procureur accède à sa requête), avant de lancer un avis de recherche officiel, au nom de Jeanne Loubet.

Carole Tomasi avait hésité à convoquer Claire Abgrall, l'ancienne compagne de Jim Carlos. Elle avait eu raison de ne pas se précipiter, car le procureur avait fini par accepter l'ouverture d'un complément d'enquête, avec l'assistance de la police judiciaire. (Elle savait que les gendarmes seraient vexés, mais elle l'assumerait.) Ce feu vert lui permettait aussi de se déplacer en Bretagne pour rencontrer Claire. Avec elle, Carole voulait saisir qui était l'homme derrière le texte du cahier. Elle préférait la voir chez elle, dans son environnement naturel. Les témoins n'étaient plus tout à fait eux-mêmes lorsqu'ils étaient contraints de venir au Palais. Pour certains, comme Ludovic Bowers, cette déstabilisation pouvait représenter un avantage, pour d'autres, comme Claire Abgrall, elle desséchait leurs mots. Ils devenaient comme des plantes que l'on aurait sulfatées au Roundup, se dit-elle en s'étonnant de son allégorie potagère, de la contagion spirituelle du mystérieux Jim Carlos.

Carole avait donné rendez-vous à Sandrine, la greffière, en tête de quai, voie 17, hall 2, gare Montparnasse, à 8 heures. « 8 heures, 8 h 05 », avait-elle dit sur un ton conciliant. Le train pour Brest partait à 8 h 22. Sandrine était arrivée à 7 h 50 ; elle avait attendu madame la juge, et elles étaient là, désormais, billets électroniques sur leurs téléphones, bâillonnées comme les autres usagers par leur masque Covid. Deux femmes modernes, actives, en mouvement. Certes, ce n'était pas l'avion, mais c'était l'occasion de sortir du Palais. Elles iraient boire un café à trois cents kilomètres à l'heure dans la voiture-bar. Ensuite, à partir de la gare de Brest, ce serait plus conforme à la ruine du budget de l'institution judiciaire : l'agence de location de voitures « Budget », la Fiat Panda, les deux valises à roulettes qui remplissent le coffre, l'hôtel Ibis, catégorie « Budget » également, tout était « budget ».

Claire Abgrall habitait une petite maison qui donnait sur les rochers, tout au bout de la grande plage de Trescadec. Un endroit enchanteur l'été, rugueux l'hiver. Avant de sonner, Carole Tomasi respira profondément. Le ciel d'octobre déroulait sa gamme de gris. Elle tenta de s'imprégner de l'esprit du Finistère, de l'énergie aventurière du bout de la terre, sans succès. C'était pile l'heure du rendez-vous. Elle sonna.

Claire leur ouvrit la porte. Elle parut d'emblée à Carole plus complexe qu'elle ne l'avait imaginée. La juge s'était attendue à une institutrice bretonne ronde et douce comme une crêpe au beurre salé. Elle l'était, un peu, mais elle était aussi rock. C'était cet « aussi » qui dérangeait Carole tandis qu'elle remarquait les bottes de cuir et la manière de marcher, de bouger de Claire alors qu'elle les précédait jusqu'à une grande table de bois. La magistrate aimait que les choses soient claires et, en dépit de son prénom, Claire ne l'était pas suffisamment à ses yeux. Elle lui semblait duale, à la fois franche et gaie comme son sourire, mais aussi sorcière des landes comme son maquillage charbonneux autour des yeux. Il y avait ainsi chez elle quelque chose d'insaisissable. Quelque chose en tout cas que Carole croyait ne pas saisir.

Claire leur proposa du café, du thé, des infusions de plantes qu'elle confectionnait elle-même, « avec un peu de miel, c'est délicieux ». Carole examina le décor, les nombreux livres, les gravures et les lithographies sur les murs, les meubles anciens et les couleurs pastel assorties. Aucune photo de Jim Carlos. Ni de qui que ce soit. À moins que ? Oui, sur celle-ci, en noir et blanc, la fille au micro qui hurle en secouant sa crinière, c'est elle, Claire, quelques années en arrière.

Cette seconde déposition n'apporta rien de nouveau. Claire Abgrall n'avait reçu aucune nouvelle de Jim. Elle n'avait pas plus d'hypothèses sur les motivations et les circonstances de sa disparition que lors de son premier témoignage au moment où elle avait signalé le silence de son ancien compagnon. Qu'est-ce que Carole Tomasi avait espéré de son déplacement ? Cela non plus n'était pas très clair. Elle observait Claire dont l'énergie se heurtait à un obstacle intraitable comme la houle, que l'on entendait derrière les fenêtres, se fracassait sur les rochers. Pourtant elle n'avait pas perdu son concubin, puisqu'ils étaient séparés. Jim et Claire s'étaient aimés, puis ne s'étaient plus aimés, mais il en restait probablement quelque chose. Probablement ? Quelque chose, mais quoi ? Encore du flou, insupportable. De l'estime ? de l'amitié ? du compagnonnage ? de l'habitude ? des vestiges d'amour ?

Claire leur proposa des palets bretons, faits maison, en observant ses deux interlocutrices avec un regard aussi franc et direct que le grand vent d'ouest qui fouette les cheveux vers l'arrière. La juge demanda à l'ancienne compagne de Jim Carlos de lui raconter leur dernière entrevue.

« Il est passé ici le dernier week-end de novembre pour fêter l'anniversaire de Maëlle. Il était comme d'habitude bougon et charmant. Son chien, Lebowski, était avec lui. Ils me font rire tous les deux, deux ours, un placide et un nerveux. Que dire ? Il est venu avec sa camionnette pour planter son cadeau : un pin maritime âgé de vingt-quatre ans exactement. Il a dit à Maëlle que, bien qu'elle ait fini sa croissance, elle grandirait comme lui. »

Claire parlait avec une vivacité que soulignait sa pointe d'accent breton, mais tout cela était sans intérêt. Carole se demanda si elle ne devrait pas aussi rencontrer Maëlle. Elle pataugeait. Elle interrompit Claire.

« Pensez-vous qu'il ait pu s'enfuir, prendre la mer par exemple ?

– Non, ça c'était plutôt un rêve, un fantasme… Il faisait autrefois des virées en mer avec un copain à lui qui a un bateau à Concarneau, Loïc. Mais c'était avant. Et Loïc n'a aucune nouvelle non plus. Oui, il aimait beaucoup la mer. Surtout pour plonger. Il faisait aussi un peu de surf, de planche à voile, ce genre de trucs de jeunes, ou de vieux qui ne veulent pas vieillir.

– Aurait-il pu disparaître en mer en pratiquant l'une de ces activités ?

– Les accidents sur la côte, on retrouve toujours les corps. Et puis on se tenait au courant de ce qu'on faisait.

– Il partait seul ?

– Parfois oui. Des fois avec un copain.

– Qui ?

– Jacques, de Loctudy, par exemple. Ou Jean-Luc. Un collègue à lui, sportif. Dont on a plus de nouvelles non plus d'ailleurs. »

Carole hocha la tête, elle vérifia que la greffière avait noté, mais sans réagir davantage. Elle enchaîna.

« Quelle était la nature de vos sentiments réciproques ? »

Claire laissa s'écouler quelques longues secondes. La question tranchait le fil de la discussion. Elle se voulait intime mais avait été posée sur un ton de machine à écrire. Claire finit par dire, comme à elle-même, et aussi à la greffière qui avait levé les yeux vers elle pour la première fois :

« Quand on aime quelqu'un vraiment, c'est toujours pour toujours. Quoi qu'il arrive. »

Claire avait dit ces mots avec une grande simplicité, comme si elle avait expliqué la recette de la pâte à crêpes. La greffière avait dû se faire violence pour se reprendre et taper les termes de la réponse. Elle était contente d'écrire « pour toujours, quoi qu'il arrive », comme le refrain sans surprise d'une chanson populaire, elle qui était plus habituée aux réponses asséchées jusqu'à la lyophilisation des personnes entendues. La juge de son côté réfléchissait à cette affirmation énoncée par cette femme avec l'évidence de la vérité dans la bouche d'une enfant. L'éternité de l'amour. Était-ce une information ? Plutôt une opinion ? Elle savait que Claire avait ouvert son cœur, laissé libre cours à ses émotions. Elle le savait mais elle ne ressentait rien, ou presque. Tout le monde mettait la froideur de Carole Tomasi sur le compte des obligations de sa fonction, mais c'était plus complexe que cela. Elle percevait la peine et les sentiments de cette femme comme par une porte entrebâillée. Elle n'éprouvait pas grand-chose, mais tout de même une vague sensation d'empathie. Elle partageait en tout cas avec Claire un certain intérêt pour le disparu, Jim Carlos. Que cette femme connaissait. Et qu'elle voudrait comprendre. Voire connaître, elle aussi ? Elle poursuivit.

« Je dois vous poser cette question : quelle a été la raison de votre rupture avec Jim Carlos ?

– Pourquoi ?

– Pour l'enquête.

– Vous me suspectez ? »

Claire avait posé la question avec un grand sourire, comme si elle ne parvenait pas à croire qu'elle prononçait ces répliques dignes d'un *Meurtre à Camaret* pour France 3.

« Non, avait dit la juge, mais elle attendait néanmoins une réponse.

– Je ne sais pas trop… parce que ça a toujours été orageux entre nous, étrangement d'ailleurs, car nous sommes deux êtres pacifiques. Peut-être aussi parce que Jim n'est jamais entièrement dans la réalité. »

Carole fit une nouvelle pause, pour sa greffière, et reprit :

« Est-ce qu'il écrivait ?

– Non. Enfin je ne crois pas. Pas quand nous vivions ensemble… Si, une fois, il a écrit pour nous les paroles d'une chanson, mais bon… non.

– Pour qui ?

– Pour le groupe dans lequel je chante, les Korridames.

– Je pourrais avoir cette chanson ? »

La greffière ne comprenait plus où allait Carole Tomasi.

Il ne s'était rien passé en Bretagne, rien qui permette à la juge d'avancer, ni même de garder au moins le souvenir d'un bon moment. Elle n'avait fait que stresser et culpabiliser sur l'inutilité de ce déplacement.

De retour au Palais de justice, elle dut se résoudre à constater l'impasse dans laquelle elle se trouvait.

Elle relisait le texte de la chanson écrite par Jim Carlos pour les Korridames. Les paroles étaient plutôt lourdes. Les couplets tartinaient quelques platitudes sur les ciels d'orage et le refrain replâtrait les « fissures sur le mur du temps ». Carole s'en étonnait un peu. Elle ne retrouvait pas vraiment les tournures de l'auteur du cahicr. Jim Carlos devait être plus à l'aise dans le journal intime que dans la chanson, ou bien il avait évolué, il s'était trouvé, il s'était libéré après s'être séparé de Claire.

La juge se résolut à reprendre ses autres dossiers, tout en jetant, de temps à autre, un œil sur le premier feuillet du dossier « EW-22b4514-Disparition / Carlos – Jim ». Feuillet sur lequel était agrafé un agrandissement d'une photo d'identité respectant les normes officielles. De face, neutre, sans sourire, une de ces photos qui permettent aux logiciels de reconnaissance faciale de distinguer les points particuliers, les singularités qui éloignent un visage des canons de l'esthétique. Un menton fuyant, un nez proéminent, des oreilles trop grandes, un front trop bas ou des cernes affreusement creusés. Tout ce qui pouvait servir de repères pour les scans des douanes ou d'ailleurs, tout en désespérant les individus concernés qui devaient se résigner, se borner à constater qu'ils possédaient des têtes de tueurs ou de cailloux. Sauf Jim Carlos. En examinant de près cette photo calibrée qu'elle avait au départ jugée peu flatteuse, elle trouvait que ce visage restait équilibré, plutôt harmonieux. Les traits étaient fins, le regard calme et posé, peut-être légèrement embué. Elle comprenait mieux les pattes finement taillées en pointes devant les oreilles, la touche rock qui le rapprochait de Claire. Plutôt pas mal en fait, se disait Carole. Beau mais sans excès, le gars qu'on aimerait avoir pour camarade. Il avait tout du type sympa, à l'écoute, pas trop envahissant.

Comme Jim Carlos, Carole Tomasi vivait seule.

Carole s'était efforcée de prendre de la distance mais, durant toute la semaine qui suivit, le souvenir lancinant des approximations de Ludovic Bowers refusait obstinément de la laisser se concentrer sur ses autres dossiers. La Cocotte-minute de ce qu'elle appelait l'« affaire du cahier » était montée en pression jusqu'à ce qu'elle décide de convoquer de nouveau l'avocat et, cette fois, de le cuisiner à feu plus vif. Elle lui affirma qu'elle ne croyait pas, ni elle ni personne, à la possibilité qu'il ait « oublié » la présence avérée de Jim Carlos près de la piscine lors du fameux barbecue, et que cet oubli n'était rien d'autre qu'un mensonge, punissable par la loi. Elle lui rappela que cet homme, Jim Carlos, était porté disparu, ainsi qu'un autre jardinier, Jean-Luc Carheillac, son prédécesseur chez les Loubet, comme par hasard. Elle lui laissait donc le choix : soit il parlait, soit elle le poursuivait pour entrave au fonctionnement de la justice. Ludovic Bowers avait cessé de sourire. La juge d'instruction comprit qu'elle allait avancer. Elle l'avait laissé réfléchir quelques minutes en sortant de son bureau et, lorsqu'elle était revenue, il avait cédé :

« Après réflexion, en effet, je crois me souvenir que le jardinier était présent lors du barbecue chez les Loubet.

– Pourquoi l'avez-vous caché lors de vos deux précédentes dépositions ?

– … Il était très discret, c'est la raison pour laquelle j'ai dû l'oublier. »

Carole Tomasi avait incliné la tête sur le côté avec une grimace. Ludovic Bowers serrait les lèvres comme un élève qui fait tout son possible.

« Non, vous ne l'avez pas oublié. Vous avez menti. Et je veux savoir pourquoi. »

L'avocat avait retrouvé son sourire, c'était mauvais signe.

« Écoutez, je… J'ai zappé ce détail, vous n'allez pas en faire tout un plat. Je vous dis que je crois me souvenir de lui, mais ça reste flou.

– Vous ne pensez pas que, lorsqu'on « zappe » quelque chose, comme vous dites, il y a souvent une raison ?

– Peut-être.

– Quelle pourrait être cette raison ? Laissez aller votre imagination, vous n'en manquez pas, je le sais.

– Je crains de vous décevoir.

– Ne craignez rien.

– … Peut-être pour simplifier.

– C'est-à-dire ?

– Je savais que cet homme avait disparu, il était présent ce jour-là, je m'en souviens à présent. »

Il se tourna vers la greffière :

« Mais je maintiens que mon souvenir de sa présence au bord de la piscine reste incertain. En tout cas les Loubet n'avaient aucun véritable lien avec lui, donc j'ai pensé qu'il était inutile de… de compliquer les choses.

– Non. Vous n'avez pas omis de me préciser sa présence. Vous avez sciemment décidé de me la cacher. Je répète ma question : pourquoi ?

– … Vous vous trompez. J'ai pu manquer de précision, et souhaité leur épargner de se voir embarqués dans une enquête judiciaire dont je sais trop à quel point elle peut être pénible et faire parfois fausse route.

– Les épargner. Vous parlez bien des Loubet ?

– Ce sont mes clients. Je les protège, c'est mon devoir.

– Ah ! Cette fois, c'est officiel, donc ?

– Ils restent néanmoins mes amis. »

Carole Tomasi annota son dossier. Sa qualité d'avocat des Loubet faisait perdre au témoignage de Bowers presque toute valeur juridique, et il le savait. Elle reprit, sur un ton qui cachait mal un début de lassitude :

« En quoi ce mensonge pouvait-il leur rendre service ?

– Je viens de vous l'expliquer.

– Ils vous ont demandé de mentir ? Ou vous vous êtes mis d'accord ensemble ?

– Je n'ai pas menti, je le répète. J'ai répondu par réflexe. Je l'avais réellement oublié. Mais c'était une erreur de ma part, ce qui n'est pas un crime. Une erreur sur laquelle vous extrapolez, je ne peux rien vous dire de plus. »

La juge avait continué à gratter le fond de la casserole mais plus rien ne pouvait en être extrait. Pas grave, elle avait, jugeait-elle, suffisamment d'éléments pour justifier une perquisition. Ce Bowers, avec son sourire méprisant, avait aiguillonné sa détermination.

Très tôt le matin du samedi 30 octobre, week-end de la Toussaint, cinq policiers de la PJ s'étaient présentés au manoir des Prés Poleux, munis d'une commission rogatoire signée par Madame la juge Tomasi, qui avait délibérément choisi de ne pas les accompagner.

M. Arnaud Loubet et Mme Laure Loubet, née Thibault de Dallembert, s'étaient indignés, avaient protesté avec véhémence. Arnaud avait commenté les « égarements de cette juge irresponsable ; après avoir retourné la moitié du parc, voilà qu'elle veut désormais retourner la maison ! Mais qu'est-ce qu'elle a contre nous ? Elle est jalouse ou quoi ? ». Laure avait été jusqu'à esquisser un mouvement pour faire barrage de son corps et empêcher les policiers de « mettre un pied chez elle ». L'officier de police lui avait conseillé, très calmement, de ne pas compliquer la procédure en lui ajoutant un délit d'entrave et un autre d'outrage à agent. Arnaud n'avait pas insisté, délaissant avec mépris ces « fonctionnaires » pour passer quelques coups de téléphone. Ces appels, par une série de ricochets, parvinrent jusqu'à la sonnerie du vieux combiné noir datant des années quatre-vingt-dix sur le bureau de Carole Tomasi. C'était le procureur. Il souhaitait (ce n'était pas la première fois) mettre en garde Madame la juge d'instruction en cas de faux pas dans cette enquête. « Vous devrez alors en endosser toutes les conséquences, vous n'êtes pas sans savoir que cette famille n'est pas sans relations. » Carole comprit qu'Arnaud et Bowers avaient appelé quelques amis avocats et juges bien placés.

Elle appela l'officier de police sur place qui lui fit un premier compte rendu. Les officiers avaient saisi des disques durs, des courriers, quelques photos, ils avaient consigné des relevés d'empreintes et des relevés bancaires, mais « rien de probant au premier abord », selon le policier. Carole Tomasi avait demandé s'ils avaient fouillé les greniers et les caves. L'officier avait répondu par l'affirmative.

« Et les dépendances également ?

– C'est en cours. »

Quand les policiers avaient déplacé les décorations d'Halloween – une énorme citrouille évidée, des fausses toiles d'araignée et un squelette en plastique – pour atteindre des coffrages dans les boiseries du grand salon, Amandine les avait regardés faire sans laisser transparaître la moindre émotion. Elle s'était au contraire intéressée aux techniques de fouille et aux règles juridiques qui encadraient cette procédure. Les policiers lui avaient d'abord répondu assez aimablement, avant d'être irrités par ses réflexions et commentaires incessants. Lorsqu'ils étaient passés des anciennes écuries au cellier, elle les avait abandonnés sur le seuil.

À l'intérieur, les policiers avaient remué tout un fatras de vieilleries et de cartons qui encombraient l'endroit. Ils allaient quitter la bâtisse quand l'un d'entre eux souleva par réflexe une vieille carpette sur le sol. Elle recouvrait une trappe de bois. Étroite. Ils la soulevèrent. La trappe donnait accès à une échelle posée sur la terre battue d'une cave voûtée, exiguë. L'officier descendit avec l'un de ses enquêteurs. Une torche et une lampe de téléphone balayèrent l'obscurité. Sans résultat. L'officier et l'agent se regardèrent. Ils ne voulaient pas remonter tout de suite. Quelque chose piquait leur instinct de policiers. Peut-être cette paillasse, ces changements de couleur sur la terre battue, un manque de poussière par endroits, quelque chose de trop net ? Ils insistèrent. Et ils eurent raison. Le brigadier-chef, resté en haut, trouva l'interrupteur du plafonnier. Dans cette lumière jaune plus globale, les deux policiers passèrent la cave au peigne fin. Derrière une vieille pierre à demi descellée, ils mirent la main sur un cahier replié. Un cahier Oxford rempli d'une écriture scripte, avec une couverture orange et un stylo Bic quatre couleurs accroché dans la spirale.

# DEUXIÈME PARTIE

## *(Le cahier orange)*

## De l'encensoir à la raquette

En août les Loubet sont partis dans leurs différents paradis méditerranéens, et ça m'a fait des vacances. Je suis resté biner, ratisser et arroser tous les jardins abandonnés par mes clients. J'ai fait des concours de sieste avec Lebowski, je les ai tous perdus. J'ai fait tout ce que j'ai pu pour oublier le sachet en plastique et son maudit fémur, mais le truc me collait aux méninges comme un refrain de bubble-gum, *ça s'en va et ça revient.*

Et puis, en septembre, un autre mort, identifié celui-là, était venu ajouter sa pierre à la pesanteur de la rentrée. Éric. Un ancien camarade de classe, du collège et du lycée. J'étais allé à l'enterrement, dans le sud de Paris. C'est sa sœur qui m'avait envoyé le faire-part. Après le bac, ce gars-là avait fait des études de cinéma et il était devenu cameraman d'actualités. Au début, quand on voyait son nom à la fin de certains reportages dans les journaux télévisés, on était contents, on était presque fiers, « Ah ouaip, attends, j'le connais lui ». Et puis on s'était habitués, et puis on s'était perdus de vue, et aussi on avait arrêté de regarder la télévision.

J'étais arrivé à l'église en retard. Elle était pleine, il y avait pas mal de gens du monde de la télévision. Arnaud Loubet n'était pas là, mais il aurait pu. Quoique. Ce n'était qu'Éric.Je me suis collé au fond, comme je le fais toujours, une vieille habitude. Le curé parlait comme le père Albert, Albert Algoud, avec cette diction sur-articulée et ce ton sirupeux, pontifiant. Je m'attendais à ce qu'il se mette soudain à évoquer la bave aux lèvres les jeux sados de sa jeunesse scoute, mais non, il restait cantonné dans le registre des anges et des saints qui attendaient Éric au-dessus des nuages, au « royaume des cieux », un truc pas rassurant, limite plus douteux encore.

Ensuite des collègues à lui sont venus dans le chœur évoquer le souvenir d'Éric. Thierry d'abord. Après quelques mots simples qui parfois restaient coincés dans sa gorge, il a prestement cédé sa place à Gaspard (on m'a appris leurs noms à la sortie de l'église). Gaspard était un homme plus jeune, plus élégant, plus sympathique à première vue, plus beau que Thierry. Il a pris la parole avec une grande habitude du micro, et sa voix a rempli la nef de belles sonorités bien maîtrisées. Il a fait un magnifique éloge, poignant, avec des notes de légèreté pour raconter ces émerveillements enchanteurs, ces élans enfantins qui caractérisaient si bien Éric. Ce Gaspard avait tous les talents. *He's got the whole package*, comme disent les Américains. J'aurais dû noter ce qu'il a dit. Ça m'aurait fait une belle citation. Tant pis.

J'ai appris des trucs que je ne savais pas, on ne sait rien en fait des copains d'enfance, c'est un âge où on vit, pas un âge où on se raconte. Je savais qu'Éric n'avait pas de père, que son père était mort, mais c'était tout. Eh bien, j'ai découvert qu'Éric était le nom de son père, un caméraman tué au Cambodge pendant la guerre d'Indochine. Drôle d'idée de lui donner le même prénom. Du coup Éric a dû se croire obligé de marcher dans les pas de son géniteur homonyme, mais la guerre n'était pas pour lui. C'était un caméraman artiste, un poète de l'image, qui filmait une fleur dans la cour de l'Élysée quand il aurait fallu filmer l'arrivée de tel ou tel ministre, comme le racontait joliment Gaspard. Il avait un an de plus que moi, il avait redoublé, je me souvenais qu'il cueillait en effet des fleurs au bord des terrains de foot. J'aimais bien ce gars-là. Jusqu'au lycée il avait gardé ses grands yeux de gosse émerveillé.

Et puis on est tous allés jusqu'au trou dans la terre. Il faisait un beau soleil de fin d'été, c'était bien triste. Mais je n'ai pas pu m'empêcher de penser que, dans son malheur – cinquante-trois ans, ce n'est pas un âge pour mourir –, du moins Éric était-il au complet. Il ne lui manquait pas une clavicule, pas un bout de fémur, rien, il pouvait reposer tranquille, sans avoir à compter ses abattis.

J'ai revu Sophie, la sœur d'Éric, et aussi Dominique, un ancien du collège. J'étais heureux de les retrouver. On n'avait rien à se dire, c'était bien. On a tourné autour de « qu'est-ce que tu deviens ? », « des enfants ? » et tout ça, c'étaient juste des salamalecs pour le plaisir d'être ensemble.

J'ai repensé au discours de Thierry et à celui de Gaspard. Et je me suis demandé pourquoi je préférais celui de Thierry. Moins brillant. « Moins abouti », comme aurait dit Arnaud, comme apparemment on dit à la télé (je l'ai entendu, Arnaud, dire ça à propos d'un devoir de sa fille. « Bravo Amandine, très abouti »). Pourquoi le moins bon ? Pourquoi le loser ? C'est tout moi, ça. Je crois avoir ce goût, assez inexplicable, non pour l'échec, mais, pire encore, pour le moyen. Qu'on nomme *médiocrité*. Ce qui n'est pas très engageant, il faut bien le reconnaître. Mais c'est comme ça, ça m'interpelle. Je dois me voir comme ça. Faudrait que j'en parle à un psy, ça risque d'être long, laborieux, dénué d'intérêt, à coup sûr propre à faire plonger l'« attention flottante » du thérapeute dans les abysses d'un sommeil profond à la Lebowski. Le « moyen » est difficile à cerner. Dans une pelote de laine, on peut retrouver un bout, ou l'autre. Mais le milieu ? Au cinéma, on peut voir des héros, des super-héros ou des anti-héros, mais des zéros ? Le gars qui n'est rien de spécial ? Ni riche ni pauvre, ni doué ni handicapé, ni bon ni méchant. *Nada*. Tu peux pas raconter ça. C'est contraire aux lois élémentaires de la narration. Faut bien s'accrocher à quelque chose. Tu peux voir un gars comme ça dans les premières minutes d'un film. Un employé de banque anonyme. Là, tu peux être sûr qu'il va lui arriver un truc sensationnel. Le gars touche le gros lot, se fait kidnapper par erreur, ou découvre par accident un secret d'État… et le petit employé de banque, ben tu vas voir mon vieux de quel bois il se chauffe ! Mais s'il n'arrive rien ? Que dalle. Le gars continue sa petite vie tranquille. Ennui mortel. Pas de film, pas de livre, pas de thérapie. Fin de l'histoire. Même pas d'ailleurs, puisque l'histoire n'a jamais débuté. Bref.

Tout était gris et flou dans le soir de septembre. Mes raisonnements oiseux stagnaient comme la voiture dans les bouchons de la Francilienne, la sinistre A86. J'étais reparti du cimetière en promettant aux autres de donner des nouvelles. Personne ne m'a cru, évidemment. Tout était incertain et vacillant.

Une seule chose était limpide dans le tableau de la journée : mon os n'appartenait pas à Éric. Alors à qui ? Je vous le demande.

Je m'endormais et me réveillais en ressassant cette question. J'enviais Lebowski, qui poursuivait sa vie de bûche à fourrure. Il perfectionnait son posé de museau sur le plancher avec relâchement complet des bajoues en établissant des records d'immobilité qui auraient pu le faire figurer dans le Guinness. À condition de payer, puisque, là comme ailleurs, c'était frelaté, j'avais lu ça quelque part. Or je vivais une période où mes rentrées d'argent n'étaient pas au top. Je pouvais financer les croquettes, mais pas graisser la patte du Guinness à coups de milliers de dollars pour faire entrer Lebowski dans la légende du *farniente*.

Par chance, pour une fois (du moins le pensais-je), le vent a tourné, pécuniairement parlant, dès le lendemain de l'enterrement d'Éric. Je devais me rendre au manoir des Prés Poleux pour récolter les poireaux, les premiers choux (les choux de Milan), les panais (demi-longs de Guernesey) ; pour couvrir certaines buttes avec des voiles et préparer le potager pour l'hivernation. La plupart des plantes allaient mourir. Jusqu'au printemps, où tout renaîtrait. Pas Éric, et encore moins le squelette inconnu avec son bout de fémur manquant.

C'était un de ces premiers matins frais qui déboulent en septembre comme des messagers du futur, des éclaireurs porteurs de mauvaises nouvelles : au cas où vous l'auriez oublié, le colonel automne va pas tarder, avec ses premiers escadrons de frimas dorés, et, derrière lui, le général hiver et ses implacables marcheurs blancs. La terre frissonnait et le petit étang fumait en cachette derrière les roseaux. Les grands arbres commençaient à jouer au grand jeu des caméléons avec le soleil dont la trajectoire baissait sur l'horizon. L'air se refroidissait mais la lumière se réchauffait. J'aimais ce moment où la bascule de la planète balayait gentiment les touristes, les plaisanciers, les bronzés et tous les glandus de l'été comme des enfants qu'on fait rentrer en classe en tapant des mains après la récréation. Je n'avais rien contre les touristes, j'étais simplement jaloux de ne pas en être un. C'était aussi l'époque où Lebowski retrouvait un peu de vivacité et passait sous les vingt-deux heures de sommeil par jour. Un chien de demi-saison, donc. L'hiver trop froid et l'été trop chaud provoquaient chez lui des périodes d'hibernation et d'estivation, de ralentissement ultime aboutissant à la fameuse immobilisation corporelle complète déjà décrite.

Ainsi, ce matin-là, il farfouillait au pied des arbres tel un sanglier teint en blond, un sanglier mâtiné de surfer californien. Il se gavait de noisettes, de châtaignes et même de glands j'ai l'impression, seuls les marrons échappaient à l'ingurgitation frénétique. On aurait dit un chien sauvé des décombres d'un bombardement après trois semaines de jeûne forcé (il avait fini sa gamelle une heure plus tôt). Enfin. Je l'ai laissé baguenauder un peu. La petite peste allergique aux chiens devait être au lycée. D'ailleurs non seulement l'apprentie dictateur à queue-de-cheval devait être absente, mais, n'ayant vu à mon arrivée que la femme de ménage, je pensais que Laure, la reine mère, et Arnaud, le premier de cordée, devaient l'être également. Le domaine donnait l'impression de se détendre, de respirer, à l'image de l'étang qui exhalait sa vapeur d'eau. J'ai suivi Lebowski jusqu'à la frange des derniers peupliers. C'est là que j'ai entendu les tac-toc mats et feutrés d'une balle de tennis.

Arnaud Loubet disputait un match. J'avais bien entr'aperçu un court derrière les bois mais je le croyais à l'abandon. Erreur, il était refait à neuf en moquette verte, aussi impeccable que les polos Lacoste bien repassés d'Arnaud et de son adversaire. Lequel, sans surprise, arborait une barbe de trois jours taillée au micron et tout l'apparat réglementaire d'un sous-officier de l'armée des gardes-chiourme de la Bundesbank et de la BCE, pour dire vite.

Je me suis approché discrètement, mais ils m'ont tout de même repéré, et ignoré. Arnaud était au service. Il faisait bien rebondir sa balle cinq ou six fois, très concentré, comme une tête de série de grand chelem, puis il la lançait en faisant une grande arabesque avec son bras, jusque-là ça faisait illusion. Ensuite ça se compliquait. Il ne frappait pas sa balle à son apogée, mais attendait qu'elle retombe, ne se projetait pas, frappait à la Jacques Tati, les deux pieds à plat sur la moquette. On sentait l'homme qui avait pris pas mal de cours et fourni beaucoup d'efforts pour être un joueur potable, mais qui plafonnait à un niveau décevant. Son adversaire, qui avait dû être choisi pour ça, renvoya la balle avec un revers coupé de débutant, mais cria dans le même temps « Faute ! ». Arnaud se figea et examina en fronçant les sourcils le point de chute de sa balle comme pour signifier qu'il avait de sérieux doutes sur ce verdict, bien que la balle ait pourtant rebondi à plus de vingt centimètres au-delà de la ligne de fond. Il se reconcentra pour son deuxième service, refit son cirque du grand central de Roland-Garros, et mit la balle dans le filet. *Flotch !* En plein dedans, nul. Double faute. « Zéro – trente », commenta l'adversaire sur un ton neutre, qui le rendait encore plus exaspérant pour Arnaud. Il serra les mâchoires. Il se tourna vers moi, puis s'approcha du grillage en faisant un signe de la main à son adversaire, avec cet étrange mélange, propre à ce sport, de respect et de haine, « pardon, juste une seconde, cher ami fils de pute ».

« Bonjour, Jim, je peux vous aider ? » m'a-t-il lancé en retenant sa voix comme il aurait retenu un chien qui tire sur sa laisse la bave aux crocs. Je lui ai répondu que non merci, que je faisais « un tour du propriétaire », qu'ils ne fassent pas attention à moi. « Continuez à jouer, faites comme chez vous. » Ça l'a amusé. Arnaud, je l'ai dit, a ce truc-là, le sens de l'humour, et ne rate jamais l'occasion d'un petit galop dans la déconne. Il a commencé en clamant à tue-tête que j'avais raison, que « la propriété, c'est le vol ! », qu'il était temps de monter une ZAD sur cette propriété qui ferait le bonheur de toute une ribambelle de punks à chiens. (J'ai supposé qu'il me visait par ricochet, qu'il devait me prendre pour un anarchiste attifé de frusques. Ce ne sont pas des frusques, ce sont mes vêtements de travail !) Là, il a marqué une pause, il a fait semblant de réfléchir en mettant son doigt sur ses lèvres, et il a ajouté : « Heu… alors les chiens non, en fait, pas de bâtards à demi pelés ici, sinon je lâche ma fille. » Ça, pour le coup, ça ne m'a pas vraiment amusé, mais ça a beaucoup diverti son partenaire de tennis qui s'était approché et qui souriait comme le crocodile sur son polo rose pastel. Un crocodile barbu (au sabot de trois millimètres).

« D'ailleurs… Tu m'excuses, Matthieu, j'en ai pour une seconde. Je voulais vous faire une proposition, Jim, à propos du parc justement, ça vous intéresse de vous en occuper ? Dans son ensemble ? Je trouve que ça tourne en rond, il faudrait donner un peu de… un peu de mouvement, un peu de vie là-dedans, laissons la nature se déployer ! » a-t-il dit en faisant un grand geste circulaire avec sa raquette en direction des arbres, un geste ample pour donner une idée de l'immensité de son domaine. Un geste qu'il maîtrisait mieux que son service.

Cette proposition, je savais d'où elle venait. Le potager les avait littéralement ensevelis sous les courgettes, les tomates, les salades, les concombres et les carottes, ils avaient déjà pu servir et resservir à leurs amis ces phrases qui avaient été l'objectif original de toute l'affaire : « Goûtez donc ces tomates du jardin, reprenez donc un peu de courgettes du jardin, je vais vous donner des salades du jardin, on ne sait plus quoi en faire », etc. Quoi qu'il en soit, cette proposition d'entretien à l'année de tout le parc représentait une « belle opportunité » comme aurait dit un élève de Laure, et j'en avais bien besoin. Même si je piquais le boulot d'un confrère. Un type que je ne connaissais pas, et que je n'ai pas cherché à connaître. Les lois du marché, mon pote ! Comme je l'ai écrit, je n'étais pas au bord de la faillite, mais ma petite boutique avait tendance à vivoter, surtout à la mauvaise saison. Je devais « entrer dans la danse et me positionner », comme aurait dit l'avocat spécialisé en imitation d'otarie. Or mon secteur d'activité, le jardinage, était le premier domaine, avant même le bâtiment, où la concurrence de tous les traîne-savates du démarchage à domicile, de tous les ragondins du travail au noir et des tâcherons de la dernière chance, faisait rage. Plus qu'à la télé ou à Dauphine comme je l'avais doctement expliqué dans sa cuisine au tennisman magnifique – tant qu'il ne jouait pas – qui me faisait face.

Dans un premier temps, je suis retourné à mes carottes et à mes salades ; j'ai rempaillé mes buttes et planté du raifort au pied d'un jeune poirier qui m'a fait pitié, sub-claquant sous les assauts du champignon de la rouille. Puis, avant de partir, je suis allé frapper à la porte du manoir. Arnaud m'a ouvert, il sortait de la douche, il était en peignoir, les cheveux plaqués en arrière, à la chiraquienne, on aurait dit une scène de film des années cinquante.

Il m'a invité, c'est une manie chez ce gars-là, à boire un café. On a eu une petite discussion sur ce qu'il entendait par « entretien global », par « redonner de la vie au parc », par « redonner un peu d'oxygène à la nature », il ne s'arrêtait plus dans ses variations sur le thème. J'ai compris que la « vague écologiste » était bel et bien montée jusqu'ici, jusqu'à venir lécher les murs du domaine des Prés Poleux ; que l'aspect « jardins du marquis » avec son gazon à la coupe en brosse militaire et ses haies taillées comme celles du Troisième Reich faisait ringard et qu'il fallait réintroduire du sauvage là-dedans, tout en gardant le contrôle, un peu comme les vêtements de Laure lorsque la mode du grunge avait touché les grands couturiers, ou bien lorsque les petits camarades mâles d'Amandine du lycée de Sainte-Marie-des-Vertus parlaient avec l'accent *wesh-wesh* des cités : fallait faire genre, un minimum, mais avec la distinction discrète qui fait toute la différence. Il fallait faire ce que la bourgeoisie faisait depuis toujours : faire semblant, imiter les pulsions de la vie pour mieux les étouffer. J'ai hoché la tête. Arnaud était content, content de son jardinier, content de son Nespresso *Tamuka mu Zimbabwe*, content de lui. Arnaud possédait une telle confiance en lui qu'il en devenait presque étrange. Comment peut-on s'aimer à ce point ? Comme Gaspard, le beau parleur de l'enterrement, ces types m'intriguaient. Une histoire de maman très aimante ? Un effet des stages en *self-esteem improvement* ou un processus de *success reinforcement* ? Que se passerait-il là-dedans si cette armure venait à se fêler ? Je l'imaginais se disloquer à la manière de la banquise à l'heure de la débâcle accélérée par le réchauffement climatique. Mais ce n'était pas certain non plus, la question demeurait. Ne trouvant pas de réponse, je lui ai dit que j'acceptais sa proposition. Je n'aurais jamais dû.

Cela me prenait parfois, sans crier gare. Je me levais le matin et je savais. Journée noire. Journée où, quels que soient les événements (et les journées qui réservent de bonnes surprises, au cours desquelles on vous annonce un héritage inattendu ou une invitation à embarquer pour une expédition océanographique au bout du monde ne sont pas la règle du quotidien), je trimballerais un pessimisme de corbeau et une lourdeur de morse, pire que Lebowski. Un genre d'ennui paralysant, une pesanteur de tout qui me faisait tomber les épaules. Heureusement, j'avais appris, les années passant, que cela ne durait pas, qu'il fallait laisser passer ces journées comme on regarde passer un train à un passage à niveau : pas grand-chose d'autre à faire. Quoique. Je culpabilisais quand même, je me disais, comme c'est l'usage, secoue-toi un peu, bon sang, mais sans trop y croire.

J'avais conservé de mes gènes de prolo l'idée que l'effort physique, c'est du travail, et que le travail, ça doit être utile. On ne se dépense pas pour rien. Donc je ne faisais pas de sport, je me défoulais en remuant la terre et en grimpant dans les arbres avec une tronçonneuse à la hanche. Je laissais le sport à Arnaud et aux siens. Pourtant je savais que je manquais quelque chose, je savais que la brûlure musculaire est bien moins pire que le grand vide qui angoisse – qui saisit à la gorge à l'occasion de ces sales journées ; que les épreuves d'endurance génèrent les endorphines qui dissipent les miasmes de la dépression comme on souffle une bougie. Mais non, je n'avais même pas une paire de baskets. Alors je tournais en rond dans ma cuisine et dans mon salon. Lebowski, affalé, soulevait un sourcil pour me lancer un regard désolé et j'enviais encore la sagesse de ce mammifère qui se contentait d'être là, d'atteindre les sommets de la paix intérieure tel un moine tibétain sur les contreforts de l'Himalaya. Il avait une épaisseur de fourrure suffisante pour résister au froid du toit du monde, un véritable yéti aux oreilles tombantes, et passé à l'eau oxygéné pour une petite décoloration.

J'avais quelques amis indéfectibles, avec lesquels je risquais d'autant moins de me brouiller que je ne les voyais plus. Les femmes, je crois, mieux que les hommes, savent entretenir leurs liens uniquement parce que, estiment-elles à juste titre, ils le méritent. Pour les garçons, on dirait qu'il leur faut une raison, n'importe laquelle : un match de foot, un raid, une aventure, un parti politique, une guerre, une partie de poker et/ou une beuverie. Bref, mes amis réels étant devenus virtuels, me restaient mes amis réellement virtuels, ceux de Facebook. L'un d'entre eux me sollicitait inlassablement pour que je m'abonne à sa chaîne YouTube, sur laquelle il publiait des vidéos de ses analyses politiques à destination de ses douze abonnés. Des vidéos interminables dans lesquelles il se filmait en train de démolir les éditoriaux des éditorialistes *mainstream* qu'il aurait rêvé d'être.

Ces journées poisseuses me scotchaient devant l'écran de mon ordinateur aussi irrémédiablement qu'une fleur séchée dans un herbier. Encore Facebook, avec son déroulé de « Dodo chante les Beatles » et de catastrophes mondiales, d'hécatombes dans tel ou tel endroit de la planète ; de *débunkage* et de dénonciations du grand complot qui consistait à faire passer pour complotiste toute voix discordante ; et aussi de la meilleure manière de préparer une tartiflette ou de fixer un porte-torchons. Hier Diana Rigg est morte. L'immortelle Emma Peel de mon enfance. J'ai résisté à l'envie de participer au chœur des pleureurs sur clavier. J'avais décidé une fois pour toutes de ne publier, avec beaucoup de parcimonie, que des conseils de jardinage. Deux jours plus tôt, j'avais expliqué comment faire fermenter puis sécher les graines et organiser les semis pour le printemps prochain. Six *likes*. Deux anciens camarades bienveillants et quatre inconnus ? Des âmes perdues, plus désespérées encore que moi, j'imagine.

J'ai répondu à Claire à propos de la voiture que je devais lui prêter pour un déplacement qu'elle avait à faire à Bordeaux. C'est très étrange comme Claire, petit à petit, était devenue presque une sœur, disons une cousine proche (ces fameux cousins, toujours utiles), après avoir été, si longtemps après notre séparation, un objet de fantasme plus puissant encore que lorsque nous vivions ensemble. Ma libido, cette chose étrange et déplacée, avec ce nom de jeu pour enfant en bas âge perdu dans un manuel de sexologie, ressemblait désormais à Lebowski : endormie à vie. Les images de femmes nues me laissaient songeur, les références répétées au sexe, les parades de séduction incessantes m'interrogeaient sur cette explosion permanente de phéromones, tels des pollens absurdes sans aucune saisonnalité. Quand je faisais une brève incursion sur la radio officielle, France Info, j'étais éberlué par la voix du jingle – une voix à l'érotisme de night-club en plein air directement issue des années quatre-vingt et du *36-15-Ursula* – qui annonçait « France Info, le journal de Marc Fauvelle », comme si elle avait dit « Si tu aimes te faire insulter par Adrien, tape 2 ». Tout cela me laissait perplexe. Comme tous les célibataires, j'avais fait une brève incursion sur les sites de rencontres qui m'avaient irrémédiablement fait penser à ces machines à pince de fêtes foraines où, pour cinquante centimes, on doit, avec l'aide d'un mini-grappin, parvenir à agripper une mini-peluche, déconcertante à tous les coups. Quand elle s'échappe, on est déçu, et quand on l'attrape, davantage encore.

J'avais acheté ce chien après la séparation avec Claire, pour ne pas être totalement seul, pour me consacrer à autre chose qu'à ma petite personne, pour soigner l'insupportable auto-apitoiement du jardinier abandonné. J'aurais à nourrir cet être jusqu'à ce que je l'enterre, ce qui était quand même statistiquement le plus probable. Je devrais le promener sur le chemin. Quoi de plus rassurant qu'un homme qui promène son chien ? Un golden retriever de surcroît ? Et Lebowski en plus ? Rien. Les femmes qui promenaient leur chihuahua, leur husky, leur cano corso ou la dernière race à la mode me parlaient facilement, elles étaient en confiance. Si j'avais été un séducteur – et j'avais compris depuis mes quinze ans que je ne l'étais pas, par nature ou par couardise –, Lebowski aurait été l'arme ultime.

Les Loubet m'ont laissé mariner tout l'automne, mais ils ont fini par accepter mon devis sans négocier. Ça m'a étonné, car ils avaient, six mois plus tôt, discuté pied à pied du prix concernant l'installation du potager. Peut-être avait-ce été par simple jeu ? Ou bien mon immense savoir-faire professionnel les avait, depuis, épatés ?

Le ciel était clair, la lumière rasante. La défoliation était presque achevée et les arbres entamaient leur longue trêve hivernale. J'avais décidé, histoire de bien marquer les esprits, de commencer par l'éclaircissement urgent des deux grands cèdres et de l'immense tilleul. Un élagage léger, une aération des arbres destinée à éviter la chute de branches menaçantes et le risque de casse en cas de coup de vent violent. De toute ma carrière, je n'ai jamais coupé un arbre vivant. J'ai perdu des contrats à cause de ça, mais c'est une de mes plus grandes fiertés.

Je suis arrivé au manoir avec mes tronçonneuses affûtées comme des barracudas. J'ai sonné. C'est la cuisinière portugaise, Andréia (« Une perle, elle travaille ici depuis plus de trente-cinq ans », m'avait précisé Laure avec entrain) qui m'a ouvert. J'en ai déduit qu'aucun des trois Loubet n'était là. Cette femme s'intéressait à moi comme une méduse s'intéresse à la guitare électrique, mais je ne m'en formalisais guère, j'avais le sentiment que cette indifférence ne m'était pas réservée, que cette femme avait été vidée de tout élan vital, et que les Loubet n'étaient peut-être pas étrangers à ce laminage.

J'ai rejoint la partie boisée et, profitant de l'absence de la petite peste blonde, j'ai laissé Lebowski libre de ses mouvements. Il a vaguement divagué entre les fûts des grands arbres comme un ivrogne entre les fûts d'un chai. Je l'ai regardé un moment, loup dégénéré par quinze millénaires de domestication. J'aime la nature, la biologie, et je crois que je préfère les plantes aux animaux, je ne sais pas trop pourquoi. On les a peut-être moins abîmées ? Je me suis encore demandé si ce n'était pas moi qui avais induit, plus ou moins directement, le comportement de ce chien. On répète à l'envi que ces bêtes sont de véritables éponges des émotions de leurs maîtres. Peut-être était-ce pour me contenter qu'il avait adopté une attitude générale plus proche du ficus que de la panthère ? J'extrapolais sans doute un peu.

Pour les arbres dont la cime n'était accessible qu'aux chimpanzés, je faisais parfois appel à une nacelle afin de fixer la corde maîtresse, mais les cèdres étaient des cages à écureuils. Sans problème, sauf pour les vertigeux pathologiques. Même parmi les pensionnaires d'un Ehpad, on en aurait trouvé une bonne proportion en mesure d'atteindre le sommet sans mourir. L'exercice aurait fait moins de dégâts que le confinement ; de là à dire qu'il représentait la moindre utilité médicale… Hormis peut-être le rire qui, comme chacun sait, est un puissant vecteur de santé. Je grimpais en me faisant ce genre de réflexions sans queue ni tête.

Lebowski, qui, de là-haut, paraissait de plus en plus petit, s'était positionné au pied du tronc, comme pour assurer ma sécurité. Pour ce faire il s'était couché, sans doute en se disant qu'en cas de chute il représenterait un bon matelas. Et pour être tout à fait certain de ne pas bouger, il s'était endormi – voire évanoui – probablement sous l'effet du stress insoutenable qui lui faisait préférer baisser le rideau plutôt que d'assister au spectacle de son maître risquant sa vie dans un labyrinthe de branches en principe réservé à la famille des mammifères autistes et sociopathes : les chats.

J'ai fixé mon cordage à la cime et je suis redescendu pour virer le Scooby-Doo assistant-bûcheron tombé dans un coma profond avant même la chute de la première branche. Je l'ai entraîné plus loin, sous un marronnier, et lui ai intimé l'ordre de ne pas bouger, seul ordre auquel il obéissait avec une rigueur militaire de malinois de brigade canine : il s'est, une fois de plus, laissé tomber sur le flanc, tel un jouet en plastique qu'on fait basculer d'une pichenette, *splotch*.

Je me suis harnaché, et j'ai commencé mon travail d'alpiniste élagueur. Je me plaisais à m'imaginer évoluer dans la mâture d'un grand trois-mâts végétal. Ce travail tranchait avec mon quotidien de paysan courbé et résigné. J'aimais, de temps en temps, accomplir ces coupes qui s'apparentaient à un spectacle de cirque sur le thème de Tarzan, avec malheureusement la bande-son d'un concerto pour tronçonneuse. Et un seul spectateur, endormi, et même pas humain.

Pour être tout à fait honnête, cependant que je peaufinais mon œuvre de coiffeur mèche à mèche sur le conifère géant, je crois bien, sous mon casque antibruit, avoir entendu un cri. Un cri de jeune fille ? Peut-être. Mais pas suffisamment fort pour que je l'identifie clairement et que je coupe le moteur de ma tronçonneuse. Je ne l'ai éteint que lorsque j'ai aperçu, tout en bas, en regardant tomber une branche, Arnaud, Laure et Amandine, côte à côte, me faire de grands signes. Leurs visages crispés m'ont fait penser à des naufragés qui voient passer un hélicoptère, angoissés à l'idée qu'il ne les distingue pas. Mais ça ne devait pas être ça. Qu'est-ce qu'ils foutaient là, tous les trois ? D'où ils sortaient ? Chaque fois la même entourloupe : « On est pas là… et bah si en fait, surpriiiise ! » J'ai relevé ma visière de Plexiglass et j'ai mieux discerné leurs expressions, c'étaient plutôt des rictus de colère. Allons bon. Je me suis laissé glisser en rappel jusqu'au pied de l'arbre. Arnaud s'est avancé vers moi d'un pas de général de corps d'armée et m'a assené :

« On vous avait dit de tenir ce chien attaché ! »

J'ai vite compris que ce midi je n'aurais pas droit aux petits canapés de saumon et à un verre de puligny-montrachet au coin du feu. J'ai ôté mon casque et ma visière. Oui, de quoi s'agit-il ? Arnaud avait les mâchoires serrées et faisait son possible pour avoir « l'œil du tigre », mais ça ne marchait pas, ça ne m'a pas du tout impressionné. Pour une raison ou pour une autre, je dois être devenu insensible aux messages corporels de mes frères humains. Ni les phéromones ni les postures de menace ne déclenchaient les réponses hormonales attendues. Mes surrénales restaient complètement inertes. Je l'observais comme j'aurais regardé un scarabée qui agite ses mandibules. J'ai jeté un coup d'œil vers l'accusé, le nommé Lebowski, qui n'avait pas l'air d'avoir bien compris son rôle dans la scène. Il était toujours couché, avec cependant le poitrail relevé en position de sphinx, intéressé par cette prise de bec, ce numéro de clowns, qui devait faire partie du fameux spectacle de cirque amateur.

Avec une voix que la colère faisait virer dans les aigus (on aurait juré qu'Arnaud revivait sa mue d'adolescent) le père de famille, le teint pâle (donc plus apeuré que dangereux) m'a aboyé que mon chien avait mordu Amandine. Alors ça ! Ce chien aurait-il encore eu un retour de flamme de la nature ? J'ai de nouveau regardé vers l'individu incriminé. Mon espoir que ce chien, comme pour déterrer l'os, soit susceptible de renouer avec son sang originel en cas de force majeure (et j'étais tout à fait enclin à imaginer que la princesse maudite avait été capable de tenter de le brûler au lance-flammes) s'est vite évanoui : il haletait de contentement avec sa gueule de loup ravi. J'ai demandé à Arnaud, entre deux de ses fulminations, s'il avait assisté à l'incident. « Ce n'est pas un incident, c'est un accident ! » a corrigé la prof de Dauphine, me laissant entendre que nous étions passés à deux doigts du fait divers, du genre de cette pauvre jeune femme enceinte retrouvée dévorée dans une forêt de l'Aisne, en novembre 2019, sans que l'on sache si elle avait été tuée par une meute de chasse à courre ou par son propre molosse. Toujours est-il qu'il y a eu un petit blanc, qu'Amandine a très vite interrompu pour m'expliquer que, lorsqu'elle était rentrée à la maison, Lebowski était dans la cour, qu'il avait grogné en montrant les dents, qu'effrayée, elle s'était enfuie, qu'il l'avait poursuivie et mordue au mollet. L'émotion la rattrapait et ses yeux devenaient humides. Avec son petit chemisier blanc à col Claudine, l'ensemble offrait le tableau parfait d'une couverture d'album de *Martine* dans un décor en sous-bois. *Martine s'est fait mordre par Lebowski.* Laure, qui lui tenait la main, l'a serrée contre elle par les épaules. La petite avait été traumatisée. J'ai voulu voir son mollet, elle me l'a montré fugitivement en appuyant avec ses doigts. Hormis la trace rouge qu'elle venait de laisser, je n'ai rien vu. Autant dire qu'elle s'était fait attaquer dans le métro à coups de chaîne de vélo par le dalaï-lama. Malgré tout, je n'ai pas insisté.

Lebowski, disons piqué par une mouche extraterrestre, aurait-il eu le temps, pendant que j'évoluais dans la canopée sans le surveiller, d'aller jusqu'à la cour, de terroriser – et d'attaquer – cette malheureuse, puis de revenir prendre sa position d'innocent couché ? Théoriquement, oui. Beaucoup de choses sont possibles, en théorie. Ainsi, théoriquement, un chien est plus ou moins susceptible de défendre son maître en cas d'agression. Ainsi, en partant de cette hypothèse, pourrait-on imaginer que ce brave mâle ait identifié cette petite sorcière blonde comme une ennemie de notre meute réduite à deux individus ? En poussant le raisonnement, si tel était le cas, et puisque ces trois-là étaient clairement en train de m'agresser (tout, dans leurs voix et dans leurs attitudes, le prouvait), n'aurait-il pas dû au moins manifester un vague intérêt, s'approcher, grogner, montrer les dents, que sais-je ? Or il se grattait mollement l'oreille avec la patte arrière et s'était recouché tant le spectacle avait fini par l'ennuyer au plus haut point. Je me demande comment il aurait réagi si ces trois-là s'étaient mis à me lacérer avec leurs couteaux de cuisine japonais parfaitement affûtés. Je préfère ne pas le savoir. Enfin, quoi qu'il en soit, la réalité des faits semblait n'avoir aucune importance. Le témoignage de leur fille avait provoqué une telle turbulence que le jet familial tombait en vrille à plat et ne pouvait plus être redressé. La violence physique avait fait irruption au milieu des massifs d'hortensias de leur cour gravillonnée sulfatée au glyphosate. Cette violence qui, en principe, ne traversait pas l'écran, restait derrière la surface plasmatique des hublots au travers desquels ils voyaient la vie réelle : celui de leurs ordinateurs et de leurs tablettes, de leur écran géant 4k, des moniteurs des salles de montage qu'Arnaud supervisait. « L'ensauvagement du monde » – la petite formule politique du moment, qui revenait dans sa bouche – avait fait le mur pour s'introduire au cœur des Prés Poleux, et c'était comme un viol de leur cocon à quelques millions d'euros.

Je restais impressionné par le pouvoir que cette jeune fille détenait sur ses parents. Elle avait déclenché leur colère comme on appuie sur le petit levier latéral d'un grille-pain, et ça chauffait direct. Arnaud et Laure se relayaient dans un numéro de duettistes qui nous avait fait passer du spectacle de cirque au stand-up. Leur sermon s'éternisait. Décalé, voire hors sujet. À les entendre, pour résumer, ils en avaient « marre de toute cette violence, de toute cette négativité », ils voulaient du « positif, de l'apaisé, de l'utopie et de l'optimisme ». Comme ils me débitaient tout cela non sur un ton de curé, mais plutôt sur celui d'un surveillant

général d'internat d'avant-guerre, et que, de mon côté, je cheminais tranquillement vers les sommets du détachement bouddhiste, cela relevait d'une telle inversion de sens qu'ils auraient été, peut-être, plus crédibles en me débitant ces salades dans la position du poirier, ou en se balançant, telles des chauves-souris, attachés par les pieds à mon cordage. Le metteur en scène du show avait bâclé le truc.

Laure, l'air de rien, et j'aurais dû y être plus attentif, m'a glissé un avertissement sans frais. Je ne me souviens pas précisément des mots qu'elle a employés, mais ils ressemblaient à quelque chose comme : « Si jamais cela devait se reproduire, sachez qu'il vous en cuira. » De fait j'avais déjà entendu pire, mais, quand même, on passait ainsi gentiment de la leçon de morale à la menace, même si, de son côté, Arnaud continuait à labourer le sillon de l'« optimisme de la volonté », de la nécessité vitale de ne pas se laisser embarquer par tous « les cyniques, les semeurs de doutes, les vendeurs de mort ». Je ne savais plus du tout pourquoi (et j'avais de sérieux doutes sur le fait que lui-même le sache), mais il martelait encore et encore, tel un forgeron, qu'il faut du positif, de l'espoir, des raisons d'espérer, de belles histoires. La civilisation humaine subissait les premières convulsions du *collapse*, et je me demandais si j'avais, en face de moi, un journaliste ou un évangéliste illuminé à deux doigts de transformer son magazine d'actualité hebdomadaire en un remake de *Gym Tonic* sur Antenne 2, et de remplacer au pied levé Véronique et Davina en combinaison fluo.

Quand, enfin, advint une accalmie, je leur ai expliqué que j'étais plutôt d'accord avec cette proposition d'une désescalade de la frénésie générale de notre époque (et de cette discussion), et d'une réorientation vers… disons

un hédonisme réfléchi. On s'est regardés, plus personne ne trouvait rien à redire car la discussion était proprement surréaliste. Lebowski, d'ailleurs, s'était recouché, éreinté, et, pour une fois, je le comprenais.

Histoire de ranimer un peu les flammes du conflit qui faiblissaient (tandis que Laure revenait à un semblant de logique en m'intimant l'ordre de ne plus JAMAIS amener ce chien avec moi), Amandine m'a traité, de loin, à voix basse mais juste assez fort pour que je l'entende, de « plouc ». Ainsi donc, tout s'expliquait. Cette petite était en guerre contre moi, et je ne savais pas diable pourquoi. Je ne pense pas que mon statut de « plouc » suffise à l'expliquer. Quoi qu'il en soit, ça m'a fortement déplu. L'humiliation est toujours une bombe à retardement et je ne voulais pas que le compte à rebours s'enclenche. Je me suis donc tourné vers elle et je lui ai expliqué que, si je l'entendais m'insulter de nouveau, je me verrais dans l'obligation de la gifler. Elle a esquissé cette mimique excédée des jeunes d'aujourd'hui (léger mouvement des yeux et des sourcils vers le haut, accompagné par un secouage de tête droite/gauche), lorsqu'ils veulent, l'air de rien, faire vaguement comprendre à leurs interlocuteurs (de préférence adultes) que, décidément, ils sont vraiment très nazes. Du côté de ses parents, c'était plus sérieux. Je pouvais lire dans leurs yeux que je n'étais plus Jim Carlos, le jardinier. J'étais Carlos tout court. Le terroriste. Un vieux bâtard à éliminer séance tenante.

Très bien, puisque c'est comme ça, m'ont-ils dit, ils allaient me retirer sur-le-champ l'entretien du parc. La décision était sans surprise et m'arrangeait plutôt. Leurs caprices de petits barons de grande banlieue me saoulaient désormais franchement. J'aurais pu les planter là et passer à autre chose. Maintenant je me dis que ça aurait été une sacrée bonne idée. Passons. Toujours

est-il que, pour jouer un peu moi aussi, je leur ai expliqué qu'ils avaient signé un contrat qui les engageait. Arnaud a secoué la tête de droite et de gauche comme si vraiment, mais alors vraiment, il avait à faire avec moi à un être abject, mesquin et procédurier. Laure, la vraie patronne du bastringue, calmée et apparemment heureuse de se retrouver sur son terrain du droit des affaires, m'a répondu avec douceur que le contrat ne comportait aucune clause de dédit. J'ai précisé qu'ils me devaient tout de même l'acompte, qu'ils n'avaient bien entendu pas versé. Arnaud a souri, je devais comprendre « c'est ça oui, tu peux rêver ». Laure n'a pas réagi. Ils me fatiguaient de plus en plus mais je leur ai quand même demandé si je devais laisser le cèdre à demi élagué, et tout déséquilibré sur sa gauche, ce qui le rendait potentiellement dangereux. « Non. – Alors il faut qu'on discute des conditions. » Ils se sont sentis piégés. Ils n'aimaient pas. Se soumettre aux injonctions d'un petit jardinier ! Il ferait beau voir ! Ils se sont regardés tous les deux : oh là là ! Mais on en a maté de plus coriaces ! Ils allaient gérer ça. Ils m'ont ordonné d'enfermer mon chien dans la camionnette et de les rejoindre dans la véranda chauffée pour régler les détails. Ce que j'ai fait.

Dans ladite véranda, et dans la famille des boulets, j'ai rejoint le père et la mère. La fille s'était éclipsée, elle avait sans doute fini de jouer sa partition. Accessoirement, je me suis demandé si ces gens travaillaient, de temps à autre. Ou bien si leur occupation principale consistait à me pourrir la vie à plein temps. Est-ce qu'ils avaient fait mine de quitter la maison pour se cacher derrière les murs et me piéger dans leur scénario absurde ? Mais alors comment se préparaient l'émission *Dimanche soir magazine*, et les cours de gestion à l'ESSEC ? J'ai compris dans la conversation que Laure n'avait pas cours le jeudi, qu'Arnaud était en télétravail et qu'Amandine s'était sentie fiévreuse et était rentrée plus tôt de l'école. Pas ma veine ! Arnaud avait ôté son beau manteau de laine mélangée gris perle qui lui conférait, avec sa chevelure blanche, une harmonie digne d'un cheval de Bartabas. Il l'a posé sur un fauteuil de velours en le pliant à l'envers, pour protéger la laine je suppose. Un manteau Giorgio Armani. J'aurais bien été incapable de le deviner mais, plié ainsi, je pouvais y voir et lire l'étiquette, ce que j'avais tout le loisir de faire puisque Arnaud, dans son beau gilet de cachemire ouvert sur une écharpe de soie – dont je ne pouvais cette fois pas voir les étiquettes, mais qui ne provenaient sûrement pas des rayons textiles de chez Leclerc ou de chez Auchan – s'était mis à jongler avec son téléphone et sa tablette, et à emboucher sa trompette pour commenter ses échanges électroniques avec des remarques plus ou moins absconses. Il était question de « vermines » coupables d'une agression en plein centre-ville de Périgueux. « Non mais Périgueux ! Où on va là ? » et d'une « bande d'hyènes qui avaient réussi à obtenir la tête d'un ministre ». Si j'ai bien compris, la bande d'hyènes en question étaient des journalistes d'un site d'information indépendant mais bon, de toute manière je n'écoutais plus vraiment. Je ne suis même pas sûr que lui-même s'écoutait, il se laissait bercer par sa propre voix qui avait repris le modulé et le phrasé propres au ton des journalistes de sa chaîne.

Je me concentrais sur le beau poêle qui diffusait dans la véranda une chaleur saine, douce et sèche. J'avais le temps de l'examiner en détail, c'était un finlandais. Là je n'avais pas besoin d'étiquette, je connaissais. C'est ce qu'il y a de mieux. Les sujets du rédacteur en chef de la télévision s'enchaînaient. Voilà à présent qu'il déplorait des inondations catastrophiques en Europe centrale tout en plaisantant sur le triste sort de ces pauvres peuples de l'Est : « Après cinquante ans de communisme, et trente ans à rouler en Dacia et à se fringuer en Quechua, il leur manquait plus que ça ! » Derrière l'humour noir convenu, ce gars-là voulait me faire comprendre qu'il avait une planète à gérer, et pas seulement quelques plates-bandes de poireaux.

Comme je ne disais pas un mot alors que Laure laissait infuser son sachet de plantes vertueuses dans un mug imprimé du slogan *dad joke survivor* qui tombait à pic, ils ont fini par me proposer un de leur café Nespresso à la con. Ça y est, je me mettais à penser violemment, vulgairement. Ils m'énervaient décidément, beaucoup plus que le café. Je refusai. Laure m'a jeté un coup d'œil comme si, au lieu de décliner poliment, j'avais roté, tel Lebowski après qu'il a gobé sa gamelle. Dans ce couple, Arnaud faisait le spectacle, et Laure tenait la caisse à l'entrée. Elle m'a annoncé, sans préambule et sans appel, qu'elle me paierait l'élagage du cèdre, et rien d'autre. Je m'en tapais, mais je n'ai pas pu m'empêcher de leur demander si les heures que je devais passer à supporter les *jokes à papa* et le prêchi-prêcha *mainstream* d'Arnaud me seraient également réglées. Après tout, peut-être qu'il testait ses éditoriaux sur moi ? Or un échantillon de *screen test*, ça se paye. J'ai cru entr'apercevoir l'esquisse d'une amorce de sourire chez Laure lorsque j'ai dit ça, mais je peux me tromper. En revanche, comme à chacune de mes provocations, j'ai distinctement vu les mâchoires d'Arnaud se contracter. Il devait considérer que l'humour était une de ses prérogatives exclusives, de droit. Enfin c'était amusant à observer. Sans danger. Automatique. Comme un hérisson se met en boule quand on l'approche, ou comme les oreilles de Lebowski se soulevaient quand on ouvrait la porte du placard des croquettes. (Seul son qui le faisait émerger de ses léthargies avec système nerveux central complètement déconnecté, sinon le train d'atterrissage d'un Boeing volant trop bas pouvait défoncer le toit de la maison, il n'aurait pas bougé.)

Amandine a refait une apparition dans la véranda, tenant à la main le courrier du matin. Du papier qu'elle s'apprêtait à jeter sur les braises mourantes du clash matinal. Elle a annoncé qu'elle avait trouvé dans la boîte aux lettres un prospectus – elle le montra à ses parents – en faveur d'une association locale d'aide aux réfugiés, qui proposait notamment de les engager pour « tous travaux de réparation ou d'entretien, bâtiments et jardins », a-t-elle lu scrupuleusement, la petite garce.

On peut dire que ça manquait singulièrement d'élégance pour des gens qui dépensaient tant d'argent à tenter de l'être. Mais, peu importe, c'était reparti ! Elle avait remis cent balles dans le moteur du moulin à prières préenregistrées. Arnaud m'a regardé, l'air pénétré (sa fille avait encore été frappée par le génie), et m'a déclaré que, en effet, cette solution pouvait représenter une alternative intéressante, que je pouvais comprendre. C'était moins « inélégant », c'est le mot qu'il a employé (on restait bien dans le thème) que de me remplacer par un de mes concurrents. Je n'avais pas de concurrent. Par contre, je m'étais trompé de cours : je ne prenais pas un cours d'économie mais un cours d'humanisme. Il voulait, de gré ou de force, me faire entrer dans le crâne, dans mon crâne de prolo blanc, donc inéluctablement raciste, fasciste – voire, pire, Gilet jaune ! (mes saillies de l'été près de la piscine ou dans la cuisine les en avaient convaincus) que l'antiracisme était la mère des batailles, et que les réfugiés de Méditerranée se cramponnaient à leurs radeaux tels des christs sur la croix. Je les ai regardés et j'ai été frappé par leur amour de l'idée de l'amour du prochain. Les Loubet aimaient le peuple, mais pas moi. Ils aimaient les gens simples, à condition qu'ils soient loin. Loin du manoir, loin de leur SUV Volvo XC60 AWD 250 CV, loin du green de golf, loin de leurs studios de télévision et de leurs campus ; loin comme un réfugié qui se noie. Et, s'il advenait que l'un d'entre eux doive s'approcher, il devait être à genoux, brisé comme Andréia après des décennies de schlague et de vexations. Les travailleurs afghans de cette association qui, peut-être, viendraient ici, longeraient les murs silencieusement comme des ombres maigres et apeurées. En attendant, je devais m'agenouiller.

Je leur ai donc répété ma façon de voir les choses. Je leur ai dit que je n'avais pas une once de problème avec les étrangers, mais aucun doute non plus sur le fait que l'immigration était le coup de maître des maîtres du monde, des banquiers et des hauts fonctionnaires, qui se trouvaient être désormais les mêmes. J'ai précisé que, sans cette diversion, nous vivrions sous le socialisme, en marche vers le communisme, qui permettrait de loger dans ce manoir une bonne dizaine de familles, réfugiées ou non.

Il y a eu un silence. Pire qu'un terroriste, un bolchevik s'est introduit dans la propriété ! Arnaud a ouvert la bouche mais je ne l'ai pas laissé me resservir un de ces éditoriaux que je pouvais lire chaque jour dans tous les journaux. Je l'ai coupé en leur disant simplement que je leur enverrais la facture de l'élagage du cèdre. Je me suis levé, je suis parti. J'étais alors persuadé que ce serait notre dernier échange. J'en étais fort soulagé.

Mais surtout je me trompais.

Je suis rentré chez moi ce jeudi soir en pensant que j'allais faire une croix sur ce domaine des Prés Poleux dans lequel je crois pouvoir dire aujourd'hui que j'avais perçu, dès cet épisode, que derrière le souci de la perfection, quelque chose s'apparentait à de la folie pure et simple. La belle façade aux seize ouvertures, magnifiquement ornée d'une vigne vierge telle une écharpe de soie couleur de sang, ces allées gravillonnées, ratissées aussi strictement que les cheveux rabattus sur le devant d'un psychopathe-monomaniaque. J'aurais dû m'écouter davantage. Mais ce soir-là, je ne regrettais rien. L'expérience avait été fructueuse malgré tout. *Win-win*, aurait dit Laure : pour eux, un potager qui était un véritable *prototype de compét'*, un *bio-avion-de-chasse*, aurait dit Arnaud sans y voir de contradiction ; et pour moi, un séjour tout compris au pays des « losers d'en haut » d'Emmanuel Todd qu'Arnaud citait en une mise en abîme vertigineuse. J'avais fait une incursion dans une sorte de jeu de rôles plus vrai que nature, sur le thème de *L'histoire de ta bêtise* de François Bégaudeau.

Todd et Bégaudeau, mes deux derniers meilleurs compagnons de lecture.

J'avais besoin néanmoins d'évacuer le souvenir de leur mise en scène ridicule du « procès Lebowski », destinée à m'écarter après m'avoir recruté, comme un véhicule qu'on emprunte pour un essai mais qui ne convainc pas. Pas grave. J'ai renfilé ma doudoune sale et je suis sorti pour aller voir mes serres. Il faisait un froid de loup, ou de Lebowski, pour une fois il tenait la comparaison, le froid avait autant d'effet sur lui que cette accusation de morsure infamante. Il passait de la proximité du feu de cheminée à l'air piquant comme un rosier givré sans paraître s'en rendre compte. Il faisait deux degrés sous abri en extérieur. Dans ma grande serre, il faisait huit. Parfait. Le compost et mes bidons noirs chauffaient juste ce qu'il fallait. Il régnait sous la bâche translucide une ambiance monacale, nimbée d'une lueur lactée, subtilement parfumée par la respiration des plantes. La plupart de mes bandes étaient au repos, mais des piments, des poivrons, des laitues inlassables, des radis et des cornichons continuaient de pousser à leur rythme. Je suis aussi allé visiter mes semis en pleine terre. Des lentilles, des fèves et des pois essentiellement. Le sol craquait sous mes semelles et mon souffle fumait comme si je tirais taffe sur taffe. Le gros nounours me suivait comme un petit chien. Autour de mes carrés cultivés, la bruyère, les hellébores et les arbousiers fleurissaient. Des végétaux que je n'avais pas plantés, qui étaient venus là par eux-mêmes. Des visiteurs bienvenus, des conquérants pacifiques qui marchent la tête haute quand tous les autres se recroquevillent. Je les voyais comme des héros fantastiques, de ces plantes que rien n'effraie, qui défient l'hiver les yeux dans les yeux, leurs fleurs grandes ouvertes dans le noir.

Bon, puisque c'est comme ça, moi non plus je n'ai pas peur : allez hop ! Piscine ! Ce soir même ! Le jeudi, c'est « nocturne ». Ça me fera le plus grand bien ! Je vais rompre avec mes réticences de prolo et dissiper dans l'effort, dissoudre dans l'eau, toute cette aventure ridicule. J'aime l'eau, même chlorée comme une cuvette javellisée. Début décembre, aller à la piscine, ce n'était pas la même limonade que de se laisser glisser dans la fraîcheur satinée du bassin des Loubet en plein été, c'était plutôt une démonstration du principe qu'en toute chose le plus difficile est le premier pas. Décider d'y aller, décider de se déshabiller, décider de se jeter à l'eau. Si tout va bien, la libération de sentir son corps soudain porté par l'eau doit s'avérer une récompense plus que suffisante. Malheureusement, aux heures ouvrables des périodes scolaires, surtout à quelques semaines du gavage de Noël, les piscines voient déferler l'hubris sportive. Tous les frappés du matos, avec leurs palmes, leurs masques, leurs gourdes, leurs claquettes et Dieu sait quoi encore entreposés sur le rebord comme le paquetage d'un nageur de combat, tous les stakhanovistes du crawl qui frappent l'eau comme des catcheurs et toutes ces femmes qui enchaînent les longueurs comme si chacune d'entre elles les faisait rajeunir d'une poignée de secondes. J'aime nager dans une eau calme, et non dans un tourbillon de lave-vaisselle. C'était la même différence qu'entre marcher en forêt et marcher sur un quai de métro bondé. Je me laissais couler au fond, le plus possible, c'était moins peuplé. Bien que ce soit interdit (mais les maîtres-nageurs me faisaient plutôt penser à Lebowski qu'à *Alerte à Malibu*), je suis allé au bord de mes limites d'apnéiste, entre deux minutes trente et trois minutes. Collé au fond, sans respirer, je ressentais physiquement comment le temps et l'espace se confondaient, je voyais cette immense pièce vert émeraude, et toutes ces jambes de grenouilles en maillot de bain, que je préférais nettement vu d'ici. Silencieuses. Vulnérables. C'est à ce moment, alors que ma saturation sanguine en gaz carbonique m'amenait au bord de la syncope, que j'ai eu une illumination ! Je me suis vu à la place du petit cocker noir de Jeanne. Au moment où ils l'ont noyé, lesté, au fond de la piscine.

Pourquoi avaient-ils fait ça ?

Un petit cocker noir. Pourquoi ?

J'ai su pourquoi.

Parce que, comme Lebowski, il avait volé un os du squelette. Un gros, genre un fémur. Où ? Je ne sais pas, quelque part dans une dépendance, ou dans le parc. Il avait dû ensuite l'enterrer ailleurs, probablement à l'endroit où le père Lebowski l'avait déniché. C'est pour ça qu'en plus de leur haine basique des chiens, ils détestaient à ce point mon golden. Il avait ouvert la porte aux fantômes du manoir.

J'ai repoussé des pieds le fond de la piscine et je suis remonté à la surface en état d'hypoxie avancé. J'ai rempli mes poumons d'air et j'ai senti que ma tête et mes bras étaient secoués de légers spasmes. Je flirtais avec la « perte de contrôle moteur ». En apnée on l'appelle la « samba ». J'ai vu des tas d'apnéistes transpercer la surface et se mettre soudain à danser comme des marionnettes dont les fils auraient été tenus par un vieux sucrant les fraises. En général ça passe vite. Ce qu'il faut éviter, c'est la perte de conscience. Je n'y étais pas tout à fait. Mais ça dansait dans ma tête. Une question. Qui ? Qui, bon sang de bois ? Qui est ce squelette qui danse sous mon crâne comme dans un film de Tim Burton ? Qui est l'heureux possesseur du demi-fémur jauni analysé par Méphisto ? Je me suis calmé peu à peu. Personne, ni les nageurs robotiques ni le maître-nageur apathique, n'avait rien remarqué de mon petit malaise. Mon raisonnement s'est remis cahin-caha en place avec le retour de l'oxygène dans le sang. Que savais-je ? Que c'était un homme. Pas un petit cocker. De cinquante balais…

Jean-Luc ! Putain. Jean-Luc. J'ai su que c'était lui.

De retour chez moi, j'ai fait comme dans les livres et les films, j'ai mis de la musique, The National, j'ai écouté trois fois de suite le morceau *About Today*, et

– la piscine m'offrant un bon alibi – je me suis servi un whisky irlandais. Je n'en buvais jamais, il n'était là que pour les copains. Je me suis assis dans un fauteuil et Lebowski s'est couché à mes pieds ; dans ce genre de scène, il savait se tenir.

Matt Berninger, le chanteur de The National, a chanté le refrain de *Graceless* :
*Put the flowers you find in a vase*
*If you're dead in the mind it will brighten the place*
*Don't let them die on the vine, it's a waste*

Jean-Luc. Leur ancien jardinier, mon ancien pote, le militant acharné. J'ai fait mes calculs, Jean-Luc avait travaillé aux Prés Poleux il y a pas mal d'années de cela, ce qui devait correspondre, peu ou prou, avec le drame du cocker, quand Jeanne avait quatorze ou quinze ans. J'aurais voulu lui demander de me préciser la date, mais je n'avais aucun moyen de la joindre. Elle avait refusé de me laisser un moyen de la contacter.

Jean-Luc s'était en effet évanoui dans la nature. Mais bon, c'était un gars qui nous avait habitués à disparaître. Une sorte de Jeanne à moustache. Trois mois au Brésil, cinq mois au Canada, il avait fait ce genre de trucs sans prévenir, et puis, un jour, il y a cinq ou six ans, il était parti et n'était jamais revenu. Tout le monde pensait que, cette fois, il était parti sur une route sans retour, dans quelque forêt équatoriale. Je n'avais jamais cherché à savoir ce qu'il était devenu, parce que… D'abord parce que nous avions été copains mais pas amis, et… surtout, pour être honnête, parce qu'il avait eu brièvement, après notre séparation, une aventure avec Claire. Quel que soit ce qui se cachait derrière ce mot « aventure », il me restait un peu en travers de la gorge. J'espérais que ce n'ait pas été l'aboutissement d'un truc qui avait germé alors que nous vivions encore ensemble avec Claire et que j'invitais Jean-Luc de temps à autre à la maison. Claire m'avait déçu. C'était trop commun, trop trivial, trop attendu venant d'elle.

Ce gars-là semblait être plus ou moins irrésistible pour la gent féminine. Il avait une belle gueule, le regard clair et franc, la mâchoire et le caractère bien carrés, un peu plus petit que moi, mais plus sportif. Il avait été champion de boxe française. J'avais joué au rugby avec lui dans nos années de lycée. Il était sur le pré l'un de ces combattants qu'on préfère nettement avoir dans son équipe plutôt que dans celle d'en face. Je l'aimais bien, mais il ne m'avait jamais ému. En me concentrant sur ce fémur qui avait peut-être été le sien, j'essayais de m'attrister pour lui et je n'y réussissais qu'à moitié.

Pourtant j'avais une facilité déconcertante à m'apitoyer sur la détresse humaine, sur mon propre sort de préférence, mais aussi sur celui des autres qui, souvent, m'apparaissaient eux aussi comme de pauvres petits êtres en train de se débattre à la surface de cette planète comme des enfants perdus. Je pouvais pleurer à la commande ou prendre un air aussi pathétique que mon chien, j'aurais pu être acteur dans des comédies sentimentales ou des films d'auteur français. Certains souvenirs de ma vie avec Claire, des moments pourtant anodins, m'effondraient au moins une fois par semaine. Même Maëlle, dont pourtant j'avais eu tant de mal à me faire accepter, me retournait lorsque je repensais à ses chagrins de petite fille qui l'anéantissaient et la faisaient fondre en larmes ; par mimétisme, j'en faisais autant. Si ça se trouve, me disais-je en finissant mon verre de whisky, même Amandine, victime de sa vie, pourrait m'émouvoir plus que Jean-Luc. Je m'égarais.

Jean-Luc avait aussi été autre chose qu'un play-boy malgré lui. Il avait été un militant infatigable, déterminé et engagé dans les batailles politiques comme il l'avait été dans tous nos matchs de rugby. Syndicaliste, écologiste, associatif, tous les combats contre l'injustice et pour l'émancipation le concernaient. S'il avait encore été là, il aurait été un Gilet jaune de la première à la dernière heure, j'en suis sûr. J'ai pensé à lui lors de ces samedis héroïques pendant lesquels le peuple français a renoué avec sa fibre révolutionnaire. De mon côté je n'y étais allé qu'une seule fois. Et ça m'avait suffi. J'avais été effrayé par la violence. Et puis je ne parvenais pas à enfiler cette chasuble jaune fluo. Je n'ai jamais supporté d'appartenir à quoi que ce soit qui m'imposait un alignement collectif, une unanimité de façade, même « Je suis Charlie » m'avait énervé, pour dire. Toujours est-il que je me souviens d'avoir pensé que j'aurais voulu avoir Jean-Luc à mes côtés ce jour-là. Conclusion, tout bien pesé : *y a un os*, et je lui devais d'aller au bout de cette affaire. Jean-Luc, quels que soient mes sentiments, le méritait.

J'ai hésité à appeler Claire, elle penserait sans doute que, animé par une espèce de jalousie inextinguible, je ressassais ce vieil épisode sans lendemain entre eux. J'ai laissé tomber et j'ai appelé un pote qu'on avait en commun depuis le lycée : Ben, un musicien, un batteur sur le carreau. Il m'a confirmé que Jean-Luc n'était pas réapparu, que ses enfants n'avaient eu aucune nouvelle. « Si tu veux mon avis, ça craint. Ça craint sévère. Il a dû avoir un accident ou je sais pas quoi. S'il était vivant, il aurait donné un signe de vie à ses mômes. » Oui, l'avis de Ben, même avec son cerveau à demi grillé, tombait sous le sens et tenait la route.

Je me suis servi un second whisky (puisque le premier verre a systématiquement pour effet de relativiser notre point de vue sur les effets néfastes de l'alcool – « oui oh eh c'est bon ça va ça va pas nous tuer non plus hein ! », « on peut vivre quand même ! », et puis « on va pas repartir sur une jambe », etc.) quand un doute a pointé son museau de fouine : et si je me trompais ? Du tout au tout ?

Non. Non et non, protestait le second verre. Il était presque certain que ce fémur avait appartenu à Jean-Luc ! Et ça me faisait quand même très bizarre. Comment en être sûr ? Comment en avoir la preuve ? Très simple, une analyse comparative de l'ADN de l'os avec celui de la salive de ses enfants nous en dirait déjà beaucoup, mais c'était hors de ma portée bien entendu. Et je ne me voyais pas, sauf à passer pour un nouveau M-le-Maudit-en-couleur-de-la-France-périphérique, retourner voir Méphisto.

À la fin du second verre, j'ai essayé de raisonner froidement, en prenant du recul sur tous ces jeux puérils avec les Loubet, ces facéties de square, autour des toboggans et des balançoires (pour éviter de parler de « bac à sable » à propos de cette famille qui tient tellement à se distinguer). Revenir, encore et toujours, aux faits. Quels sont-ils ? Ce morceau d'os est un fémur humain. Lebowski l'a trouvé dans leur jardin.

Je dois me rendre à la police, avec l'os.

Tant pis, je passerai outre mes très mauvais souvenirs avec elle, et la nouvelle doctrine qui la gouverne : tape d'abord.

Mais, avant de faire ça, il m'a semblé honnête et droit d'en avertir les premiers concernés, de les prévenir les yeux dans les yeux. J'ignore encore si c'était par bravoure, par loyauté, ou parce que je voulais me faire un petit plaisir, venger Jean-Luc, mais aussi Jeanne, et Andréia, et tous les miens. En tout cas je n'avais pas envie que la police aille leur annoncer que leur jardinier les avait dénoncés en loucedé.

Je vais leur parler !

J'ai jeté un coup d'œil vers Lebowski qui me regardait avec ses deux billes mordorées, bien rondes, soulignées au mascara et encastrées dans sa bonne grosse tête de vieux lion fatigué – une tête qui me rappelait quelqu'un mais de manière confuse, quelque part entre mère Teresa et Joseph Kessel. Ou peut-être Claude Monet ? L'homme au regard lumineux de celui qui voit mieux que les autres. Toujours est-il que, sans me quitter des yeux, mon fidèle compagnon les a clignés, en signe d'approbation.

Oui, leur parler tu dois.

Le lendemain matin, j'ai donc abandonné Lebowski dans la maison. Il avait accès à l'entrée, au salon, à la cuisine. J'ai hésité à le laisser dehors mais il faisait encore très froid ce matin-là, et puis, je l'avoue, j'ai surtout craint qu'il ne se mette à jardiner à sa façon. Avec moi, il restait aussi dynamique qu'une gueuse de béton, mais, laissé seul, ça l'avait déjà pris de vouloir me remplacer dans le jardin et de s'ingénier à creuser dans mes buttes bien paillées pour l'hiver de manière frénétique et incohérente, comme un mec qui a planqué des lingots d'or quelque part, mais qui, victime d'un AVC, a perdu le souvenir de l'endroit précis. Putain, mais c'est où déjà, bordel ? Là ! Non, là !

À 7 heures du matin, j'ai fermé la maison, j'ai emporté l'enveloppe contenant l'os pour le mettre en lieu sûr, et j'ai pris la route en direction des Prés Poleux, bien déterminé à clarifier l'affaire une bonne fois pour toutes. Un vrai capitaine de corvette. Héroïque. Le Kangoo déjaugeait sur les ralentisseurs tel un clipper cinglant sur la houle atlantique.

Le domaine semblait ratatiné sur lui-même, les arbres dénudés. Certes, il se protégeait du froid, mais il me donnait le sentiment de craindre autre chose. Tu m'étonnes. J'ai avancé la voiture, je suis descendu, j'ai sonné à l'interphone à vidéo intégrée. J'ai entendu la voix d'Andréia, « c'est qui ? ». Elle a ouvert sans attendre de réponse. Les deux immenses battants du portail de fer forgé se sont écartés lentement. Le Kangoo s'est avancé comme un grand en faisant crisser le gravillon ratissé. Tout était figé dans une humidité glacée. Tout était parfait, comme si l'absence de Lebowski dans le coffre rendait tout plus carré, plus propre, moins brouillon.

J'ai sonné à la porte. Ce n'est pas Andréia qui m'a ouvert, mais sa nièce, la brune de cet été, qui avait troqué son tee-shirt contre un pull, toujours à cinq euros. Elle m'a fait entrer dans le hall et m'a prié d'attendre. J'ai revu la photo, avec la petite Jeanne. La première fois, elle m'avait évoqué un mystère, cette fois, elle m'attristait profondément.

Arnaud est arrivé par la cuisine, en jean et sweat à capuche, légèrement décoiffé, un peu plus normal. « Qu'est-ce que vous faites là ? – Je suis venu vous parler. » Il a senti venir le truc pas drôle. « Oui, je vous écoute. – À vous, et à Laure. » Il m'a regardé à sa manière, en soulevant sa tête vers l'arrière. Il était plus grand que moi, ça correspondait bien à l'attitude de quelqu'un qui me toisait. Il tenait un mug de café à la main, il en a bu une gorgée avec un petit bruit d'aspiration, avant de me regarder en tordant la bouche, il n'a rien ajouté. Il a sorti son téléphone et il a appelé Laure (la maison est si grande qu'il est inutile de hurler pour s'interpeller comme dans un trois pièces-cuisine, il faut se téléphoner). On a attendu trois minutes. Trois minutes c'est long. Surtout pour lui, car de mon côté je m'amusais de constater que la gêne avait changé de camp. J'ai hésité à lui demander si ce matin j'aurais droit à un petit *Nespresso à la con* mais je me suis retenu. Il était en train de m'informer qu'il partait pour Paris et qu'il n'avait que très peu de temps. Je l'ai rassuré, « ça va être vite vu ». Laure est arrivée d'un pas martial dans un *battle dress* en forme de peignoir de soie noire agrémenté de motifs dorés. Ses cheveux étaient tirés en arrière, elle n'était pas maquillée mais son visage avait été enduit de crème. Elle paraissait excédée, contre moi et contre le reste de la planète. Je me souviens de m'être dit qu'elle était sur la bonne voie, et même qu'elle avait pris de l'avance sur ce que je m'apprêtais à leur déballer.

Et je leur ai tout dit. Un, j'ai trouvé un os dans leur jardin. Deux, il s'agit d'un os humain. Trois, je crois que cet os est celui de Jean-Luc Careilhac, leur ancien jardinier. Quatre, je m'apprête à aller révéler le tout à la police.

Un ange passe, sautillant avec la légèreté d'un tyrannosaure. Laure est restée impassible, seul son regard est devenu plus fixe. Arnaud, en revanche, tenait aussi bien debout que la tour sud du World Trade Center de New York entre 9 h 03 et 9 h 59 le matin du 11 septembre 2001, cette petite heure suspendue entre l'impact du Boeing et son effondrement. Il s'est mis à parler comme il sait si bien le faire, il était question de « bouffée délirante », de « paranoïa galopante », on a frôlé le « complotisme », et évité de peu le « populisme ». C'était quand même très confus. Il multipliait les « pour autant » et les « exprimer son ressenti ». Je me souviens d'un « pour autant nous ne devons pas nous laisser emporter par la colère ». Je n'ai pas compris à qui cela s'adressait, car j'étais à mille lieues de toute colère.

Laure en revanche fulminait intérieurement, elle était fumante de colère même. D'une manière parfaitement incongrue, déplacée – *inappropriate* aurait dit un personnage de série en VO – je l'ai regardée en me disant qu'elle était très excitante ce matin-là, que je pourrais, séance tenante, lui faire l'amour, sans préambule. Après le tyrannosaure sautillant, la libido passait en culbuto. J'en ai conclu que je devais avoir un sérieux problème. Il n'y a pas de phéromones là ! Quoi que ? C'était la première fois que je la voyais quitter son rôle de bourgeoise très contrôlée, que je voyais son corps s'exprimer, sous la soie. Elle me donnait l'impression de vibrer, comme le cuir d'une jument qui chasse les mouches. Je me suis fait cette réflexion (je m'en souviens, ça continuait à être tout à fait hors de propos) que le corps des femmes m'évoquait l'image d'un cheval sauvage en liberté tandis que le mien me ramenait plutôt à celui d'un gallinacé démédulé, un genre de coq débile, avec ce ridicule regard courroucé. Enfin, le moment était bien mal choisi pour disserter sur la question. D'autant que c'était plutôt son regard, à elle, qui était fou. Il me faisait comprendre que je venais de faire une grosse bêtise. Je n'ai pas eu le loisir de me pencher plus avant sur ce nouveau (*and more accurate* [VO]) sujet de réflexion. Plutôt que de me pencher, j'ai carrément basculé en avant. Sous le coup d'une douleur fulgurante qui a résonné sur le haut de mon crâne et s'est diffusée comme un alliage liquéfié de métaux en fusion à l'intérieur de mes épaules et le long de ma colonne vertébrale.

Assommé. Je tombais.
Extinction des feux.

La première chose que j'ai distinguée en entrouvrant les yeux, après un laps de temps inestimable – quelques heures ? plusieurs jours ? –, c'est l'ampoule allumée au plafond, dans un globe de verre à moitié opaque. Une ampoule faiblarde, jaune, une vieille ampoule à incandescence, un petit soleil de cachot perdu dans les entrailles de la terre.

J'étais allongé sur une espèce de bâche de toile épaisse, dans une espèce de cave étroite, un carré de terre battue de deux ou trois mètres de côté, dont l'unique accès était une espèce de trappe de bois dans le plafond. Dans cette espèce d'espace, un trou de la taille d'une petite pierre faisait danser une toile d'araignée en guise de bouche d'aération. L'état des lieux que je pouvais faire était très approximatif. Je ne pouvais pas bouger, j'avais l'impression qu'une chignole était en train de me perforer l'arrière du crâne.

Qui m'a frappé ? Qui m'a frappé ? Qui m'a frappé, putain ?

Avec une telle force ? Arnaud ? Il est costaud mais il y a une espèce de mollesse en lui qui me fait douter. Après, ces gens sont pleins de surprises, faut bien l'admettre. Laure ? Non. Elle me faisait face à ce moment-là. Amandine, qui cacherait une force décuplée par la haine ? Ou par une mutation génétique de nature inconnue ? Jeanne ? Fausse hippie mais vraie extraterrestre capable de se télétransporter à l'occasion ? La douleur me faisait délirer. Je me voyais dans cette tombe comme David Vincent à la recherche de son raccourci introuvable. La douleur, l'événement inimaginable, au sens propre, bousculaient tous mes repères et ouvraient donc toutes les hypothèses. Je me suis encore évanoui, et encore, à plusieurs reprises.

Puis, après plusieurs heures, ou plusieurs jours, ça a fini par se calmer un tout petit peu.

J'ai réfléchi à la localisation de cette cave. Elle pourrait être sous la grange ouest, ou sous les anciennes écuries, ou dans le cellier. L'ambiance sonore, la sensation d'isolement, la tradition des vieux corps de ferme me font pencher pour cette dernière hypothèse.

Ils m'ont balancé là-dedans avec mon sac-gibecière. Ils ont dû le fouiller rapidos. Ils ont pris mon téléphone évidemment, bien qu'aucun signal ne doive parvenir dans ce tombeau. Ils ont aussi retiré mon outil multifonctions Leatherman. Ils ont laissé le reste : mon foulard, des bouchons d'oreilles, un mètre-ruban, mes lunettes de lecture ; et, dans la poche zippée, ce cahier orange, deux crayons pour mes croquis d'aménagement, mon stylo quatre couleurs, et un livre. De Philippe Jaenada. Je l'ai presque fini. Je n'ai plus que dix pages à lire. Je n'ai pas envie de le finir. Je vais plutôt le recommencer. Mais les échos de la douleur lancinante ruinent tout plaisir de lecture. Lui qui me fait tellement rire d'habitude, cette fois ça ne fonctionne plus et ça me désespère encore un peu plus. La douleur est trop constante, trop intense. J'ai une bosse sur l'occiput et un bourrelet autour de ce que j'imagine être une plaie à demi cicatrisée. Je souffre d'une forme de migraine au carré, ou au cube. Je voudrais retomber dans le coma pour que ça cesse. Je me demande si ce n'est pas fracturé. Si mon crâne ne ressemble pas à un vieux vase tombé sur le sol, éclaté, et plus ou moins bien recollé.

J'ai très vite perdu la notion du temps. Je ne sais plus. Parfois j'ai le sentiment d'être là depuis des mois

– et parfois seulement une journée, une journée interminable. Le pire, c'est d'avoir à chier dans ce seau qui me répugne plus que tout. Il m'empêche de dormir davantage encore que le misérable soleil de mes nuits, la faible ampoule allumée en permanence. Je ne peux pas la dévisser, elle est enfermée dans son bulbe de verre, une applique « bateau » dépolie par le temps et la poussière. Je pourrais peut-être la briser en descellant une pierre. Mais alors ce serait le noir définitif.

Je garde les yeux fermés, le plus possible.

Le plus possible.

Comment est-ce possible ?

Je freine mon écriture car je ne sais plus si je délire, ou quand, ou pas.

À force de baigner dans cette ambiance de méfiance généralisée, qui nous a fait nous méfier des informations, de toutes les informations, du pouvoir, de tous les pouvoirs, puis de nous méfier de ceux qui mettaient ces informations et ces pouvoirs systématiquement en doute (des complotistes, des frustrés paranoïdes, des allumés du carafon) ; à force de ramollir nos bulbes rachidiens devant les écrans, on avait fini par ne plus croire à aucune forme de réalité. Certes je m'étais raccroché aux plantes et à la terre, mais je ne savais plus rien de l'incomparable réalité minérale de la violence. Je constate qu'elle existe, au sens le plus ferme, le plus dur. Dur comme le manche de pioche, la batte de baseball ou un de leurs clubs de golf ou je ne sais pas quoi avec lequel on m'a frappé et qui me fait encore souffrir le martyre.

En inspectant mes quelques mètres carrés, je constate que, dans un angle, le sol est plus meuble. Je creuse. Pourquoi ? Je ne sais pas. Mais je creuse, tel un blaireau qui veut trouver une autre issue à son terrier condamné par un éboulement de terre. Je creuse à m'en écorcher les ongles. À une quinzaine de centimètres de profondeur, je gratte un truc plus rugueux. En dégageant la terre sèche, je comprends qu'il s'agit d'un grand sac de toile grise.

À l'intérieur – je sursaute comme un môme dans un train fantôme : un cadavre.

Des os.

Un paquet d'os.

Sûrement tous, sauf le fémur.

Des os empaquetés dans des lambeaux de tissus organiques desséchés, eux-mêmes incrustés dans des lambeaux de tissus de vêtements décomposés. Je tire en grimaçant un bout de la dépouille, un truc qui dépasse. Ça ressemble à un bras, qui se termine comme une tête de seiche, avec ses tentacules noircis : les doigts d'une main. J'identifie un bracelet. Un bracelet tressé de cuir et de perles colorées. Un bracelet tel que les fabrique Claire. Je dois délirer. C'est confirmé.

Mais non.

Ce truc est aussi réel que ma douleur. Je reste obnubilé par l'objet. Bracelet. Claire. Elle m'en avait offert plusieurs dans ce style. Ce membre pourrait être le mien. Ce bras. Cette tige brune et momifiée. Je me recule sans la lâcher du regard. Je m'assieds en tailleur, et je reste comme ça, incapable du moindre mouvement. Si quelqu'un pouvait me voir, il croirait à quelque rite initiatique tels ceux que pratiquent les francs-maçons dans leur cabinet de réflexion, avec leur crâne de décor shakespearien. *To be or not to be ?* J'avais ma réponse. J'étais, et Jean-Luc n'était plus. À coup sûr. La question qui me tourmente est plutôt de savoir combien de temps il me reste avant de le rejoindre dans le *not to be*. Oui, c'est une question qu'on se pose tous, mais là, ça devient clairement plus pressant.

Je voudrais que Lebowski soit là. À mes côtés. Paisible. Rassurant.

~~J'essaie d'écrire correctement mais soudain ça m'emmerde !~~

Je n'ai pas pu écrire pendant un temps indéterminé. Trop mal.

Je ne sais plus qui je suis. Qui d'autre que cette douleur ?

L'espace se rétrécit. Le temps s'étire. Un trou noir cosmique éclairé par mon petit astre électrique sous cloche de quarante watts.

Sans horizon. Loin des grandes forêts, loin de l'océan.

Le temps est long, pourtant il pourrait bien m'être compté.

Comme quoi tout est relatif, comme dirait Bébert.

Je me souviens de ce poisson rouge que nous avions relâché dans une mare avec Maëlle quand elle avait neuf ans. Cela avait été pour moi une sorte d'épiphanie. J'avais été saint François d'Assise pendant un bon quart d'heure, j'aurais dû essayer de marcher sur l'eau pendant que j'y étais. Le poisson était resté inerte durant quelques secondes, puis il avait mollement remué ses nageoires, il avait avancé de vingt centimètres, la distance maximale qu'il avait pu faire dans son aquarium depuis des années et des années ; et là, l'infini s'ouvrait devant lui. Il pouvait continuer, tout droit, glisser entre les algues, croiser quelques camarades d'eau douce, des tanches et des goujons, vivre le début d'une grande vie, tout simplement heureux comme un poisson dans l'eau. Maëlle avait chanté à tue-tête « *Libéré !!! Délivré !!* » en tapant dans ses mains et en riant. Nous étions revenus le voir plusieurs jours de suite : il était de plus en plus vif, de plus en plus rouge au milieu de ses copains gris. Et puis on a pris de la distance. Combien de temps était-il resté en vie dans cette mare ? Peu importe, même s'il n'avait survécu que quelques jours (ce dont je doute, je suis persuadé qu'il est encore vivant et, si je sors de ce trou, j'irai dans le Finistère juste pour aller vérifier), il aura bien vécu. Il m'arrivait l'inverse. Je vivais dans les grands espaces et me voilà enfermé dans un vivarium d'araignées. Prisonnier. Pire que prisonnier. Les détenus dans ce pays ont droit à une promenade quotidienne. J'étais dans une putain de geôle médiévale, les Loubet étaient des Médicis. Ou, pour rester proche de Maëlle et de ses références, Laure Thibault de Dallembert n'avait rien à envier à Cersei Lannister.

Au fil des jours – mais sont-ce des jours ? – je réagis étrangement. Je ne m'effondre pas. On pourrait presque dire : « au contraire ». Comme si, enfin, quelque chose advenait. Je pourrais bien être à l'image de ces pauvres bougres heureux malgré eux qu'un malheur les frappe car il met fin au grand rien de leur vie. Je passe beaucoup de temps à analyser mes propres réactions, à décortiquer les mécanismes de la résilience à l'œuvre. Je crois entendre le cliquetis des rouages dans mes méninges. Mais je me méfie de moi-même : je peux me tromper. Je ne suis pas le mieux placé pour évaluer objectivement ma propre situation. Toutefois, ça c'est un fait, je peux affirmer qu'il y a un changement dans leur comportement.

C'est la troisième fois qu'Arnaud (je crois le discerner malgré la pénombre et le contre-jour de l'ampoule) déverrouille un cadenas et ouvre la trappe du plafond pour me balancer un sac en plastique dont il a noué les deux poignées (peu écologique, mais on n'en est plus là). Le sac, chargé de deux bouteilles d'eau, de barres de céréales et de bananes, tombe lourdement sur la terre battue. Chaque fois, c'est-à-dire les trois fois, il a esquinté les bananes en jetant le tout. Et chaque fois, ça m'a profondément chagriné. C'est idiot, mais j'en aurais pleuré. Comme si j'avais pitié des bananes. Comme si je n'avais pas suffisamment de raison de désespérer.

Toujours est-il qu'Arnaud, qui n'avait rien dit les deux premières fois, me chuchote cette fois des trucs. Je ne sais pas pourquoi il a chuchoté. Il a peur que Cersei Lannister l'entende et le fasse écarteler ? Mystère. Du coup je n'ai pas tout entendu, mais j'ai retenu par exemple qu'il me certifiait que Jean-Luc Careilhac était mort tout seul, par accident, et qu'ils ne l'avaient retrouvé que très récemment.

Je ne le crois pas. Mais pourquoi me dit-il ça ?

Qu'est-ce qu'ils essaient de faire ? De me laver le cerveau ? De discuter ? De négocier ? De négocier quoi ?

Après sa visite, ces questions tournent et retournent dans ma tête. Un paquet de linge dans le tambour d'une machine à laver dont l'arrêt automatique ne fonctionne plus.

La fois suivante, la quatrième – le quatrième jour ? j'estime ses visites à une par jour ? –, Arnaud me donne l'impression d'être définitivement beaucoup plus fou que moi. Il m'a expliqué sans rire que ma « mise à l'écart » – c'est l'expression qu'il a employée (pendant qu'il y était, lui qui travaillait à la télévision, il aurait même pu dire ma « placardisation », comme si on parlait d'un problème managérial ; cet employé en charge des espaces verts est une catastrophe, mais malheureusement, il est invirable ; vous savez ce que c'est, ces syndicalistes, pires que des furoncles. Alors, ma foi, bon, nous avons préféré le muter au sous-sol où son pouvoir de nuisance est moins délétère pour l'entreprise) –, ma « retraite forcée » (encore une expression à lui), devait me permettre de comprendre à quel point je faisais fausse route. « C'est pour votre bien, vous devez y réfléchir, et finir par l'admettre. » Il a disserté sur ce qu'il qualifiait de « déviance ». Mais de quoi parlait-il, ventrebleu ? Je ne trouvais rien d'autre à lui répondre que : « Replacez l'échelle s'il vous plaît, je vais sortir et on va poursuivre cette discussion normalement, j'oublierai cette petite blague, je vous le promets… » Mais j'ai l'impression qu'il ne m'entendait pas.

Et il a remis sur le tapis ses obsessions à propos des migrants ! Il m'a expliqué que cette expérience devrait me permettre de mieux appréhender le calvaire des réfugiés ! À le suivre, j'imagine que j'étais supposé entamer mon chemin vers une forme d'autocritique. C'est un camp de redressement ! Diantre, je suis dans les geôles des descendants de Pol Pot au service du dogme maastrichtien. Ils se sont confectionné sur leur temps libre un genre de petit Guantanamo troglodyte pour traiter les radicalisés de la chasuble jaune ! Qu'ils soient vraiment engagés, comme Jean-Luc – qui leur était sûrement apparu comme irrécupérable et donc à éliminer physiquement – ou même simplement sympathisant comme moi. (Auquel cas je pouvais peut-être espérer une torture qui n'aille pas jusqu'à la mort ?) Nous méritions un traitement qui soit en mesure de nous déradicaliser pour de bon ? « Déradicaliser », il a dit ça aussi. Je crois. J'ai plus ou moins entendu « dératiser ».

Je me suis demandé comment on gérait les fous, si je devais le suivre dans son délire pour tenter de l'amadouer ? Je n'ai pas réussi à trancher. Je l'ai encore supplié pour qu'il me donne de l'aspirine, ou du paracétamol, ou n'importe quel antalgique. Il a refermé la trappe en disant : « De toute façon on est tous confinés, ça ne change pas grand-chose pour vous. »

J'ai essayé de hurler. Personne ne peut m'entendre. Mes cris n'ont rien fait d'autre que de m'effrayer moi-même.

J'ai étudié cette foutue trappe dans tous les sens, elle est cadenassée par le dessus et, dans tous les cas, inatteignable. Hors de portée. J'ai fait des essais pathétiques qui n'ont réussi qu'à faire redoubler mes maux de tête. J'ai sauté aussi souplement qu'un bœuf charolais bien engraissé avant l'abattage. J'étais très loin du compte. J'échafaude des solutions absurdes, je regrette l'absence de Lebowski. Bon, il aurait été encore moins capable que moi de décoller, mais j'aurais pu prendre appui sur son dos pour m'élancer ? M'élancer vers quoi ? Même si je parvenais à toucher cette trappe ? Et alors, quoi ? Il faudrait que je puisse ramper, à l'envers, tel un arachnide, sur le plafond de pierres poudrées de salpêtre. N'importe quoi.

J'ai l'impression de flotter dans un arrière-monde depuis des lustres. J'y reviens encore et encore, ça m'obsède cette histoire de temps, si je me réfère aux deux ou trois visites d'Arnaud… Ou quatre ? Je ne sais plus tout à coup. Quatre, je viens de me relire. À ma barbe encore courte, et à mes deux ou trois passages sur le seau de la honte, cela ne fait que quatre jours.

Ça aura suffi à m'anéantir.

Ça pue. Je pue. Je suis ignoble, indigne. Je ne peux plus écrire.

Je reprends mon stylo quatre couleurs, le noir n'écrit plus. Il a abandonné la partie, tel un fidèle équipier cycliste qui a fait son boulot pour mener la course et laisse le suivant prendre le relais. Pas de problème, je suis le coach de mes quatre couleurs, va pour le bleu. Je me demande si le bleu est le leader de l'équipe, celui qui va conclure l'étape et franchir en tête la ligne d'arrivée ? J'espère. Je lui fais confiance. Encore que j'en doute. Le bleu a une tête de premier coéquipier, mais pas de leader, je parierais plutôt sur le rouge, vu les circonstances. Est-ce que je devrai vider la mine d'encre bleue avant la fin de ce cahier ? Impossible. Pas assez de kilomètres dc feuilles vierges.

J'arrête là. C'est n'importe quoi encore, et de plus en plus n'importe quoi.

J'ai ressorti le cahier orange à spirale. Je le cache quand je n'écris pas. Derrière la pierre mobile, celle qui est derrière les racks en fer et les casiers en bois du mur du fond. Quelques bouteilles vides couvertes de poussière témoignent que l'endroit avait, à une certaine époque, fait office de cave à vins. Il n'y a plus de vin. Ça m'aurait arrangé. Arnaud a sans doute préféré faire installer à proximité de la cuisine une armoire à vins hermétique, à température et hydrométrie contrôlées. Il ne reste plus rien que ces racks sur lesquels des caisses de bois contiennent de la terre. J'ai compris. Il y a eu une époque œnologique, et une époque champignonnière. Les caisses sentent encore le champignon de Paris, mais je n'en ai trouvé aucun. Le cycle de mycorisation est interrompu. Pas de champignons. Pas de vin. Pas de tournedos sauce au poivre. Des barres énergétiques protéinées goût chocolat, je vais finir par leur préférer la terre des champignons, même sans champignons.

Et cette ampoule, têtue comme une veilleuse de train de nuit qu'on ne peut pas éteindre. Même faiblarde, est-elle trop forte pour les champignons ? Sûrement pas, mais je me le demande quand même, ça m'occupe l'esprit et ça fait pédaler le stylo bleu. En tout cas elle est trop forte pour bien dormir, ça c'est sûr, mais pas assez pour bien écrire. Je vais encore m'arracher les yeux si je veux que ce cahier me tienne compagnie. Il est devenu mon ami. Il m'écoute, aussi bien que Lebowski, mais il réagit encore moins que lui. Il commence à gondoler avec l'humidité. Je le roule de plus en plus fébrilement quand j'ai fini pour le cacher derrière ce moellon de calcaire descellé, comme s'il s'agissait d'un document précieux. Bien qu'il soit de plus en plus piètre, je veux le protéger. Dans mon dénuement, je suis riche de ce cahier. À certains moments il me semble plus important que moi-même, il me donne l'impression d'être à mon trou ce que le ciel des idées est à une fosse septique.

Ces dernières heures ont été assaillies par des rêvasseries fumeuses, comme des divagations générées par un mauvais opium. Ce sont des images qui surgissent de manière très fugitive, presque subliminale. Des photographies en très haute définition. Je me suis revu un matin d'été, en juillet, je devais avoir une dizaine d'années. J'arrivais au centre aéré avec mon vélo rouge et mon sac de toile écossaise pour le goûter et la gourde. Il y avait une sortie à vélo organisée. Tous les autres avaient des sacs à dos et des vélos à plusieurs vitesses, plus un guidon de vélo de course pour les garçons, comme ceux du tour de France. Le mien n'avait pas de vitesses, et un guidon plat, comme celui des vélos de filles. C'est un cousin qui me l'avait donné (comme quoi finalement les cousins peuvent vraiment être utiles). J'ai revécu ce moment précis de mon arrivée, non pas comme si j'y étais, mais en y étant. Je freine. Je vois tous ces vélos étincelants, et tous ces regards narquois. Mais je ne ressens aucune honte ni aucune envie. J'aime le petit vélo rouge de mon cousin.

Je revois surtout des flashs de ma vie avec Claire.

Je pourrais me souvenir de ses talents d'artiste, je pourrais me souvenir de son corps, des parties de son corps lorsque mes yeux n'étaient qu'à quelques centimètres de sa peau, mais non, je me souviens de trucs débiles. Je la revois rentrer des courses et ranger le coupon de réduction de Carrefour Market, pour la prochaine fois, sous la soucoupe des clés, à l'entrée, comme chaque fois, comme toujours. Claire me parlait sans cesse de la vie, du sens qu'il faut lui trouver à chaque instant, mais elle ne délaissait aucun détail du quotidien, puisqu'il le faut. Je la revois ranger ce petit coupon de réduction comme une bonne élève qui range un bon point. Je sais qu'elle s'occupera ensuite des courses, qu'elle fera sans doute un thé, qu'elle le boira doucement en lisant quelque chose, et en abritant en elle le secret d'une sagesse discrète qui m'échappe.

Claire venait, comme moi, d'un milieu modeste. Sans surprise. Telle est l'implacable société de castes. Partout dans le monde, on s'apparie entre soi. Sauf quelques exceptions qui, d'abord, défient la règle d'airain, puis, ensuite, engraissent les avocats. Nous étions comme les autres. Comme la majorité des autres, là-bas, en Bretagne. Comme partout. Ces gens qui souffrent, mais pas trop. Ou bien qui ne le disent pas. Ces gens qui comptent parce qu'ils n'ont pas le choix. Qui vendent le vieux canapé sur Le Bon coin, « c'est mieux que de jeter » ; qui mettent une petite somme chaque mois sur le livret A pour acheter un jour un mobile home

« sur la côte ». Un mobile home immobile. Les gens qui connaissent le Smic horaire au centime près et les prix comparés d'un vélo d'enfant chez Decathlon ou chez Go Sport. Et qui, en attendant, se refilent les vélos des grands cousins.

Comment se débrouille Lebowski ? Mal sûrement. Je ne me fais pas trop d'illusions, il ne va certainement pas arriver tel Milou en creusant un tunnel pour me libérer. Il a accès à la cuisine, mais il ne saura jamais ouvrir le robinet. Quelques jours après avoir fini son écuelle d'eau, il va dépérir. Est-ce que, lui que je n'ai pour ainsi dire jamais entendu aboyer, se mettra à gémir ? À glapir ? À japper ? À se manifester d'une manière ou d'une autre ? Peut-il renouer avec le sang des patous des Pyrénées qui doit couler dans ses veines et se mettre à hurler dans la nuit ? J'en doute. L'irréparable risque de se produire.

Lebowski, bordel !

Une manie chez eux de tuer les chiens ! À moins qu'ils ne me tuent avant, ce qui fausserait mes prévisions statistiques. On ne meurt pas avant son chien, en principe. J'avais eu beau arrêter de fumer, il y a tant d'années, et manger sainement mes propres légumes, j'allais finir avant l'heure comme les bonshommes de la génération d'avant, celle de tous ces tontons fumés au tabac brun et marinés dans le cognac pour faire comme les acteurs de Hollywood.

Ayant perdu tout repère circadien, ce que je prends pour la nuit est une descente dans une antichambre enfouie au centre de la terre, un palier juste avant le néant, un purgatoire. Je somnole plus que je ne dors. De temps en temps, je rêve qu'une porte s'ouvre sur un paradis blanc, glacé, je tremble et je me roule en boule dans ma veste de travail ; quelques minutes plus tard, j'ai l'impression que le sol est en feu, qu'il va fondre et m'entraîner dans le magma des enfers. Je dois avoir de la fièvre. J'ai fait ce que j'imagine être une crise de panique. Je me suis vu mourir, les poumons bloqués, le cœur dans la zone rouge du compte-tours. Je me suis traîné jusqu'au trou d'aération, j'y ai collé mon visage et j'ai suffoqué longtemps, puis haleté durant un temps encore plus long, avant de me calmer.

Je sais que, quand l'esprit fout le camp, il faut que le corps batte le rappel. Garde à vous ! Je ne veux voir qu'une seule tête ! De la discipline ! Ce mot strict et tout raide, la raie sur le côté, cette sonorité qui gifle comme une badine sur le haut d'une botte bien cirée. C'est horrible, mais quand tout va mal, la discipline sauve. Elle m'a déjà sauvé. Au terme de ces terribles journées durant lesquelles j'avais tout lâché. Non dans le cadre d'un agréable exercice méditatif de « lâcher prise » qui m'aurait vu planer dans des arabesques gracieuses tel un ange-jardinier au sourire empli d'un amour universel, non, plutôt dans l'idée d'un alpiniste qui, suspendu en altitude à l'anfractuosité d'une paroi vertigineuse, à bout de forces, cède. Ses doigts tétanisés glissent sur la prise, et c'est trop tard. Il ne reste plus que quelques secondes de chute avant le choc. Je chutais sans fin et je ne me levais plus le matin. C'est à cette époque que j'ai acheté le petit Dumby, devenu Lebowski. Il avait dû comprendre que j'avais besoin d'un doudou, et se conformer à cet emploi à plein temps.

Discipline donc. Il faudrait que je me mette en mouvement, même dans ces dix mètres carrés. Faire de l'exercice. Des pompes ? Relire le Jaenada, l'apprendre par cœur. Tâcher d'organiser mes temps de veille et mes temps de sommeil. Être un héros en cage. J'ai commencé par le début : je me suis lavé les dents avec mon doigt, comme le « Papillon » du bagne de Cayenne joué par Steve McQueen.

Si je sors de ce trou, je vais les trucider.
Tous les trois.
Un par un.
Lui.
Elle.
Et la petite pour finir.

Je n'y crois pas.

Je ne me suis plus jamais battu depuis une bagarre quand j'avais onze ans, la force commençait à s'emparer de moi et j'ai cassé le nez de Didier Foulon. Ça m'avait fait mal, autant qu'à lui. J'avais décidé de ne plus jamais vivre ça.

Finalement, l'ultime question que je me pose est ce qui reste en moi d'espérance.

Certes il y a des gens formidables, sans doute, quelque part.

Il y a Claire, et Maëlle, et Jeanne, et tant d'autres.

Mais ils me paraissent tellement seuls, tellement perdus dans le grand troupeau chaotique des primates hypnotisés, qui préfèrent YouTube à la vie ; qui préfèrent picturer une fleur avec une application dédiée plutôt que de la sentir ; qui, quand le ciel est beau, ne le regardent plus mais lui tournent le dos pour sourire bêtement au petit trou noir dans la coque de la dernière génération de Smartphone, le ciel devenant derrière eux un simple décor numérisé ; qui rêvent de vivre comme un Loubet.

C'est mort.

Et pourtant, j'aurais aimé penser différemment.

Je voudrais me tromper.

Vont-ils faire avec moi ce qu'ils ont fait avec Jean-Luc ? Ils auront deux squelettes dans ce trou, le début d'une collection. D'ailleurs, ils en ont peut-être buté d'autres ? Ces gens seraient-ils des *serial killers* de jardiniers ? Genre : « Je te préviens : tu plantes une salade de travers et tu finis dans le compost, direct. » J'entends la porte du cellier s'ouvrir

# Carole Tomasi
# Le procès

Même si le second cahier, le cahier orange, s'arrêtait trop tôt (Jim Carlos n'avait pas même eu le temps de mettre un point à la fin de sa dernière phrase), ils étaient là, les deux cahiers, le bleu et l'orange, posés l'un sur l'autre, au centre des débats. Ils trônaient au milieu des rares pièces à conviction (un plan du domaine des Prés Poleux, une photographie de la cave du cellier, un anneau de métal fin, de la taille d'un bracelet, placé dans une pochette de plastique sous scellés) présentées sur une table, à la vue de tous, devant la cour, au centre du prétoire dans lequel se tenait le procès de Laure et d'Arnaud Loubet, accusés du double meurtre de Jean-Luc Careilhac et de Jim Toni Carlos (même si les corps n'avaient pas été retrouvés). Les époux devaient, de surcroît, répondre au sujet de ce dernier des chefs d'accusation de séquestration et sévices en bande organisée.

Les deux cahiers constituaient, dans le dossier d'accusation, les pièces maîtresses, les charges « accablantes » selon l'expression du procureur. Dans les couloirs du Palais de justice, on avait surnommé le récit de Jim : « la vengeance d'Omar », en référence au jardinier accusé, à tort pour beaucoup, d'être l'assassin de sa patronne qui l'avait désigné par quatre mots inscrits en lettres de sang : « Omar m'a tuer ». Cette fois, l'un des deux jardiniers avait écrit sur du papier à carreaux « les Loubet nous ont tués », à l'encre, sans faute d'orthographe, avec dix mille mots de plus.

L'accusation était plutôt sereine. La rumeur publique qui courait sur les réseaux sociaux s'était délectée de cette affaire de couple maudit. Mais elle aurait dû être plus attentive au fait que la presse dite sérieuse, la télévision en particulier, avait refusé d'accuser l'un des siens, figure du journalisme audiovisuel. Elle avait, par ailleurs, largement sous-estimé la puissance du carnet d'adresses, et le talent, de l'avocat de la défense – une sommité sollicitée par Ludovic Bowers – qui avait pilonné la presse et les médias pendant des semaines pour expliquer que ces cahiers étaient « trop beaux pour être vrais », et que l'absence de corps n'était pas « une faille, mais un gouffre » dans l'acte de renvoi.

Au premier jour du procès, l'avocat du couple Loubet avait qualifié la « prose étalée dans ces cahiers » de « fable sous-littéraire ». Il en avait lu certains extraits, notamment concernant le golden retriever : « Écoutez plutôt : "Il y a des gens qui n'aiment pas les chiens, mais peu qui ne supportent pas les peluches. Il n'existe pas de ligues anti-peluches. Or, incontestablement, cet animal est plus proche de la peluche que du molosse." Bah voyons ! Nous sommes là, mesdames et messieurs, face à un mauvais conte pour enfant, écrit par un homme qui, j'en suis persuadé, exorcise ainsi sa culpabilité d'avoir abandonné cette pauvre bête dans son appartement, la laissant mourir de faim, sans doute pour aller refaire sa vie, quelque part sous les tropiques, comme le font la plupart de ces disparus criblés de dettes. Je tiens à votre disposition les statistiques de la police sur ces individus retrouvés, en pleine forme bien souvent, si ce n'est parfois avec le foie un peu fatigué. » L'avocat général avait eu beau contester la réalité de ces « dettes », l'avocat de la défense avait réussi son coup. Il avait fait sourire deux des six jurés. Il avait donné le premier coup de hache dans le pilier central qui soutenait tout l'édifice de l'accusation.

« Voyons plutôt, poursuivit le ténor du barreau, si ce journal de bord n'est pas celui d'un déséquilibré, vous avez entendu le compte rendu du psychiatre et du graphologue. Je cite : "Nous avons affaire à une personne intelligente, manipulatrice, [...] personnalité trouble, [...] caractère ambigu, dual, à tendance schizoïde." Je vais vous traduire ce que ces experts nous disent avec leurs mots : ce texte est celui d'un criminel qui dissimule son forfait derrière un récit poético-politico-délirant. Le fait trivial, le fait brut, celui que nous devrions juger, c'est le fait que cet homme a tué Jean-Luc Careilhac après que celui-ci a eu une liaison avec Claire Abgrall. Claire Abgrall, l'ancienne compagne de notre fabulateur, je vous le rappelle. Nous voici hélas revenus à la triste réalité qui emplit les tribunaux et encombre les prisons : le crime d'un jaloux, le crime d'un cocu. Ah ! Certes, mesdames et messieurs, voilà qui est moins romanesque que le portrait d'un couple de Thénardier des temps modernes, massacrant son personnel par pure haine de classe. Mais cette salle d'audience n'est pas un décor fictif, nous sommes ici dans la réalité et non dans une fiction de bas étage. Les années de prison requises par l'accusation ne seront pas de simples mots griffonnés sur un cahier d'écolier, elles seront endurées par ces deux personnes. Laure. Et Arnaud. Regardez-les, je vous en prie, et demandez-vous si vous voyez chez ces deux-là l'âme de meurtriers récidivistes. Et de tortionnaires ! »

Laure et Arnaud se tenaient assis bien droit. Leurs visages affichaient une expression à la fois sereine et concentrée, l'image d'un effroyable malentendu qui flirtait dangereusement avec l'erreur judiciaire. Ils avaient tous les deux réchauffé la coloration de leurs peaux avec un peu de fond de teint et certains jurés se surprenaient à constater que cet Arnaud Loubet, décidément, était aussi beau en vrai qu'à la télévision.

Carole Tomasi suivait de loin le déroulement du procès et s'inquiétait chaque jour un peu plus. Elle en était certaine, l'avocat de la défense, ayant compris la fragilité de l'élément central du dossier, allait taper dessus inlassablement jusqu'à ce qu'il s'effondre. Au fond, tout se résumait au degré de crédibilité du texte de Jim Carlos. Et il ne s'était pas rendu service, se disait-elle, en se laissant emporter par ses envolées pseudo-littéraires, ses comparaisons tirées par les cheveux et ses formules au comique douteux.

Claire Abgrall était venue dire à la barre qu'il était inconcevable que Jim ait pu ne serait-ce qu'envisager de commettre un acte violent, et surtout pas à l'encontre de son ancien ami Jean-Luc. À l'avocat de la défense, qui cherchait à la bousculer, elle avait répondu calmement que, oui, bien sûr, évidemment, ce rapprochement fugitif entre elle et Jean-Luc n'avait pas plu à Jim, mais qu'« il s'agissait vraiment d'un épisode léger et ouvert, sans importance aucune, pour aucun de nous trois, nous en avons même parlé ensemble. Cela peut vous surprendre, mais c'est ainsi. Nous ne vivons plus obligatoirement comme ces caricatures de couples bourgeois de l'après-guerre, et vous le savez très bien ». Puis elle avait affronté l'avocat sur son propre terrain : « J'ai lu dans la presse les commentaires que vous avez faits sur les cahiers de Jim, laissez-moi vous dire – même si je ne suis pas une agrégée en lettres modernes, je suis tout de même enseignante – que je trouve, moi, que votre scénario ressemble, lui, à un très, très mauvais roman de gare. »

L'avocat avait marqué le coup avec un grand sourire, comme si cette pique acide le servait au final, mais aussi, et surtout, parce qu'il disposait d'une autre carte dans la manche de sa robe. Une carte qu'il avait abattue aussitôt après l'intervention de Claire car il avait anticipé que le témoignage de cette dernière lui serait défavorable, et il avait prévu le contre-feu en faisant citer un autre témoin, venu de Bretagne. Un certain Gilles Leroux, de Concarneau, était venu confirmer, à son corps défendant, que Jim Carlos avait à plusieurs reprises fait de la voile avec lui, à bord de son sloop de huit mètres, et que, en effet, il avait aussi, à plusieurs reprises, évoqué l'idée de « partir en mer », de « partir loin, longtemps, etc. ». « Et cetera, et cetera… » avait repris l'avocat en timbrant au maximum sa voix de baryton, laissant planer et résonner les mots de Gilles Leroux dans le tribunal avant de le remercier.

Le troisième jour des audiences devait être plus favorable à l'accusation, mais elle ne le fut guère. Régis Valin, le voisin légiste, s'était présenté devant la cour dans un tel état d'ébriété qu'il devait se cramponner à la barre pour ne pas chavirer. Il avait répété sa déposition : oui, il avait bel et bien authentifié un os humain dans un débris que lui avait soumis son voisin. Mais son élocution ralentie anéantissait toute crédibilité. Lorsque l'avocat de la défense avait brandi sous son nez un os qu'il avait sorti de sous ses dossiers en lui demandant s'il pensait que cet os pouvait être humain, le légiste avait froncé ses fameux sourcils obliques, puis déclaré : « C'est possible. » L'avocat avait alors laissé flotter un long silence, comme s'il était déçu et se résignait à constater que, même saoul, le médecin conservait toutes ses facultés de discernement, avant de clamer : « C'est un os de cochon, monsieur ! Et je comprends mieux que la Justice ait préféré se passer de vos services. » Régis Valin, surnommé Méphisto par ses voisins, avait eu un ample geste du bras, tel un acteur de théâtre du XIX^e^ siècle acceptant la cruelle fatalité d'un destin tragique. La salle d'audience était réellement devenue un spectacle, auquel les jurés assistaient, réjouis de cet intermède comique.

L'après-midi, on avait évoqué le cas de Jeanne. Jusqu'au dernier moment, Carole Tomasi avait espéré que les services de police la retrouvent avant l'ouverture du procès, en vain. Ils avaient suivi une vague piste qui fléchait vers Barcelone, mais la police espagnole ne s'était guère montrée coopérative.

L'avocat s'en était délecté :

« Et puis… il y a une autre absente, celle qui est si jolie, si piquante, si créative, la belle Jeanne ! Où est-elle ? Un mandat de recherche Interpol a été lancé, sans résultat. Disparue elle aussi ?… Décidément, c'est le pays des volatilisations, aux Prés Poleux ! Allons, mesdames et messieurs, réfléchissez ! Je vais vous dire : je ne serais guère surpris d'apprendre que, ayant retrouvé l'un, nous retrouvions l'autre… En tout cas, je ne sais pas vous, mais moi je m'y perds dans toutes ces disparitions ! Alors, qui est parti avec qui ? Jean-Luc avec Jim ? Jim avec Jeanne ? Jules et Jim ? Les trois ensemble ? On ne sait. Et d'ailleurs, on s'en moque. Ce sont leurs histoires ! Mais, de grâce, qu'ils vivent leurs vies sans vouloir anéantir celle de cette famille, certes plus conventionnelle, mais que je sache, ce n'est pas encore un crime ! »

Le représentant du ministère public se cramponnait aux rapports d'expertises du cellier. Certes, « de plus fort », comme le signalait l'expression juridique de l'acte d'accusation, des traces d'ADN de Jim Toni Carlos avaient été retrouvées dans le sol et sur les anciennes caisses de champignons. Dans les conclusions de son rapport d'instruction, Carole Tomasi les avait considérées comme des « preuves irréfutables » de son enfermement dans ce réduit. Mais ces preuves irréfutables s'étaient peu à peu effilochées tel un câble dont les filaments cèdent l'un après l'autre. Et le dernier fil s'était rompu lorsque l'avocat avait démontré que l'affaire devenait toujours plus limpide lorsqu'on la considérait sous l'angle du règlement de compte amoureux. Il avait même ajouté, pour noyer le poisson, que, dans son activité de jardinier, Jim avait pu entreposer du matériel et des semis d'asperges dans les bacs de champignons. Même le président avait hoché doucement la tête, un désastre pour le camp de l'accusation.

Ce n'était pas dans les habitudes de la petite juge d'instruction, mais, pour ce dossier, elle avait pris un pari, et la chambre d'accusation de la cour d'appel lui avait fait confiance. Elle avait misé sur l'hypothèse que les cahiers convaincraient les jurés comme ils l'avaient convaincue. Elle savait que ses autres éléments de preuve matérielle étaient bien maigres, et ne rempliraient leur rôle pour faire pencher la balance de la justice que si le fléau était plus ou moins à l'équilibre, or il ne l'était plus. Et ce n'était pas le petit anneau de métal retrouvé par la police dans les cendres de la chaudière, et qui « pouvait » avoir constitué l'armature des bracelets que fabriquait Claire (mais qui pouvait aussi avoir été un joint de cuivre quelconque), qui allait faire pencher la balance dans l'autre sens.

Dans sa plaidoirie finale, l'avocat de la défense avait expliqué aux jurés : « Ces deux cahiers d'apprenti-écrivain-en-espaces-verts, je ne sais plus trop comment les qualifier, avec leurs rédactions de collégien laborieux, ne sont rien d'autre qu'une tentative de détournement de responsabilité. » Ils n'avaient, selon lui, qu'un seul but : « éloigner les soupçons, et faire porter à ces gens, qu'il jalousait à n'en point douter, le poids de l'horreur qu'il a commise. Où est-il ? Qu'on me le dise ! S'il est mort, où est son corps ? Pas de corps, pas de crime. Je vais vous faire une confidence : il est vivant. Il est quelque part. Je le sais. Je le sens. Ce gars-là est trop malin, il veut jouer avec nous aussi. Je le vois d'ici, sourire aux lèvres et plume en main, écrire, je cite : “Si je sors de ce trou, je vais les trucider. Tous les trois. Un par un. Lui. Elle. Et la petite pour finir…” Comme je ne veux pas tronquer le texte, et que l'on m'accuse de le sortir de son contexte, je vous le lis jusqu'au bout : “Je n'y crois pas. Je ne me suis plus jamais battu depuis une bagarre quand j'avais onze ans, la force commençait à s'emparer de moi et j'ai cassé le nez de Didier Foulon. Ça m'avait fait mal, autant qu'à lui.” Allons bon ! Voilà un homme qui écrit à propos de ces malheureux dans le box : je vais les trucider ! Euh… en fait non, pardon, je blague ! Mais enfin ! Cet homme est dérangé à n'en point douter… Désaxé, mais pas idiot ! C'est un manipulateur, les experts nous l'ont dit, et je vous conjure de ne pas vous laisser duper comme il a su duper la juge d'instruction et le Parquet. Je suis d'ailleurs certain qu'il suit à distance nos débats, toujours avec ce fameux petit sourire au coin des lèvres, et qu'il éclatera de rire si vous commettez l'erreur effroyable d'envoyer ces deux innocents – ou coupables uniquement d'avoir réussi leur vie, contrairement à lui – dans l'enfer de la détention. »

La plaidoirie de l'avocat, qui clôturait les débats comme le veut la procédure, avait plié le procès. Carole l'avait compris en écoutant le compte rendu que la presse en avait fait. C'était fichu. Elle n'avait même plus besoin d'entendre le verdict. En absence de toute preuve directe de leur implication, le jury, au bénéfice du doute, allait relaxer Arnaud et Laure Loubet. Amandine, de son côté, avait de la même manière, quelques semaines plus tôt, été innocentée par le tribunal pour enfants de Bobigny des accusations de complicité de crime et de non-assistance à personne en danger.

Carole Tomasi s'en voulait. Son dossier n'avait pas été assez solide. Une chose néanmoins la troublait. La puissance de conviction de cet avocat. Il l'avait convaincue, elle aussi. Non de la culpabilité de Jim. Mais du fait qu'il était, probablement, encore vivant.

Il faudrait cinq ans de plus pour qu'elle obtienne une réponse définitive à cette question.

# Le troisième cahier
## *(un petit carnet jaune)*

Coupure d'un article en une du *Monde* du 14 mai 2026.

« La très jeune secrétaire d'État Amandine Loubet (vingt-deux ans) en charge de la jeunesse et de l'engagement auprès du ministre de l'Éducation nationale, a été interpellée ce matin à son domicile parisien et placée en garde à vue au commissariat du VII^e^ arrondissement de Paris.

« Amandine Loubet est suspectée d'avoir commandité l'assassinat de sa sœur, l'artiste peintre Jeanne Mills-Bowers, résidente d'une île écossaise : l'île d'Eigg. Selon une source policière, la jeune femme aurait payé des hommes de main tchétchènes pour faire disparaître Jeanne Mills.

« Histoire de haine recuite ou d'héritage juteux, les mobiles restent confus. L'affaire en tout cas est un nouveau coup dur pour le président de la République, qui se targuait de renouveler la vie politique française en ayant nommé le plus jeune membre du gouvernement de l'histoire de la V^e^ République. »

Je ne suis pas un héros, c'est avéré. Mais j'ignore encore si je suis un lâche.

Quand ces gens cesseront-ils de vouloir faire disparaître tous ceux qui les gênent comme on gomme un coup de crayon superflu ?

Ici, je m'appelle Lucas Ricco, mais mon vrai nom est Jim Toni Carlos, et je suis toujours vivant.

Ils ne m'ont pas tué ni laissé mourir. Buter un second jardinier, ça aurait quand même un peu trop chargé leur barque, qui était déjà bien lourde. Alors ils ont payé, cher, très cher, pour que je me taise, et que je disparaisse. Et j'ai accepté, comme j'avais accepté leurs chantiers, leurs cafés et leurs déjeuners.

Leur avocat avait-il été mis au courant de cette fuite pour avoir été si convaincu, et si convaincant, lors du procès ? Je l'ignore. Ils ont payé de quoi m'acheter une maison ici, dans un minuscule village sur le dernier doigt de la main du Péloponnèse. Deux hectares de terre, un petit bateau, et de quoi vivre tranquillement jusqu'à la fin de mes jours. Je cultive des olives, des oranges et des citrons. Je vis depuis presque quatre ans dans un univers sec et lumineux comme dans un rêve. Je suis parti au-delà de la marge, dans une page blanche, loin du monde devenu si violent qu'il ne tolère plus les demi-sel comme moi, et tue les doux comme Lebowski.

Je passe l'essentiel de mon temps sur l'eau, et dans l'eau. Avec un drôle de chien marin, un petit bâtard noir et blanc monté sur ressorts qui sait pêcher en plongeant depuis le bateau et choper des poissons comme un cormoran ! Ce petit corniaud est inouï. Il nage comme une loutre, tandis que Lebowski était plus proche du lamantin. Il possède aussi de la loutre les petits yeux malins, mais il n'a jamais réussi à me faire oublier les grands yeux de phoque implorants du plus philosophe des êtres qu'il m'ait été donné de rencontrer.

Ils m'ont sorti de mon trou le 31 décembre, j'y avais donc passé cinq jours. Ils m'ont donné à manger, à boire, m'ont laissé prendre une douche, m'ont fourni des vêtements propres, et m'ont mis à l'arrière d'une voiture, les mains attachées la plupart du temps. À la manière d'un épisode de série policière, plutôt poussive, style *Derrick*. Il y avait ce type au volant, l'otarie de la piscine, leur pote avocat, Bowers. Il était plus sobre cette fois. Il conduisait. Sans chanter à tue-tête *Born to Be Alive* de Patrick Hernandez comme au mois d'août. Arnaud est monté à côté de moi et on a roulé dans la nuit durant des heures, dans une grosse berline Audi qui ne faisait aucun bruit en roulant sous les cent trente kilomètres à l'heure sur l'autoroute du Sud. Je les ai mille fois suppliés de me laisser récupérer Lebowski, mais ils ont refusé. Ils m'ont dit qu'il était mort. Je ne saurai jamais si c'était vrai.

Arnaud me répétait sur un ton mécanique qu'il fallait partir loin et ne jamais revenir, que j'allais devoir garder le silence pour toujours car je serais recherché pour le meurtre de Jean-Luc. Le cadavre était toujours aux Prés Poleux, avec mes traces ADN dessus.

Je ne répondais pas grand-chose. J'étais encore bien sonné par ma petite retraite d'ermite forcée dans leur fosse macabre. Je ne cessais de me demander si je devais lui dire que j'avais laissé traîner derrière moi, derrière la pierre descellée, un cahier qui révélait toute l'histoire. Je me dis que je l'aurais peut-être fait s'ils m'avaient laissé revoir Lebowski, même mort. Mais ils ont refusé.

Nous avons roulé jusqu'au port de Toulon. Ils m'ont fait monter à bord d'un *day-cruiser* de 17,45 mètres, propulsé par un Volvo Penta de 900 CV. Ils m'ont laissé là avec un passeport italien, un sac de billets et deux cartes de crédit de banques inconnues, au nom de Lucas Ricco.

Les deux types du bateau parlaient en italien. Nous avons navigué trois jours durant. Ils ont fait le plein d'eau et d'essence à Reggio de Calabre. Cent fois j'ai voulu leur emprunter leur téléphone. Ils m'ont ri au nez chaque fois. Ils m'ont fait des pâtes à toutes les sauces, et, à chaque assiette, je les aimais davantage. Je devenais Lebowski.

Alors les cahiers sont restés derrière moi, et je me suis dit, bon, on verra bien ce que ça donne.

Eh bien, ça n'a rien donné.

Rien ne s'est passé. Mes cahiers ont été tournés en ridicule. Les coupables ont été acquittés. Je suis resté en exil.

Un réfugié à l'envers, un migrant de luxe.

Or j'ai trahi. D'abord Lebowski. Je l'ai laissé crever comme un chien, il n'y a pas d'autres mots. J'aurais dû exiger de le revoir, même mort, j'avais bien fait ce genre de promesse pour un poisson rouge !

Arrivé en Grèce, mon premier geste, malgré les consignes, a été d'acheter un téléphone à carte avec lequel j'ai envoyé un message anonyme et sibyllin à ma vieille voisine du hameau, pour qu'elle aille récupérer Lebowski, mais elle est arrivée trop tard chez moi. Il était mort en effet. Depuis quand ? On l'ignore. Était-il mort quand ils m'ont sorti de mon trou ? J'espère que oui. Qu'il était trop tard pour le sauver.

Claire est la seule à savoir que je suis encore vivant. Nous échangeons un message par an, le jour de l'anniversaire de Maëlle. Je lui ai aussi écrit une ou deux fois, de vraies lettres, envoyées par la poste. La poste de Kalakanos, qui se résume à une table, une chaise et un tampon, dans un angle de l'épicerie de Georgios, le frère du pêcheur, qui tient l'unique commerce du village dans son propre salon. Il y a là des boîtes de conserve et des paquets de farine, et, bizarrement, en nombre beaucoup plus important, des tas d'animaux empaillés accrochés un peu partout. Il y a aussi des chats qui dorment et des gens qui parlent dans cette langue si ronde et si douce qu'elle ne peut pas les réveiller. L'endroit est frais, calme, il aurait plu à Lebowski.

Claire m'a dit qu'elle ne savait rien des circonstances de la mort de Lebowski. Elle a récupéré quelques-unes de mes affaires, et notamment mes photos, les seules choses auxquelles je tienne. Si j'avais perdu mes photos en plus de Lebowski… Elles seules pouvaient m'éviter de devenir étranger à moi-même, orphelin de ma propre vie. Chaque fois qu'elle s'adresse à moi, Claire m'avertit qu'elle ne peut pas continuer à mentir, à porter un fardeau aussi lourd. J'ai accepté qu'elle parle à Maëlle, mais pas plus. Je lui ai dit qu'elle pourrait peut-être venir me voir, un jour. Pour l'instant, c'est trop tôt. Et ce sera peut-être de plus en plus trop tôt. Car je roule ma pelote de culpabilité comme un coléoptère sa boule de bouse.

Comme je le disais, je n'ai pas trahi que le gros Lebowski, j'ai aussi trahi la mémoire de Jean-Luc, et pas qu'un peu.

Je ne sais pas lequel des deux m'a le plus rongé le cerveau. Ma lâcheté fait de moins en moins de doute, je dois bien l'admettre. Je me console, mal, en me disant : est-ce ma faute ? Je suis comme ça. Est-on fautif d'être ce que l'on est ? Je n'insiste pas trop, car je crois que oui, malgré tout.

En lisant cet article du *Monde* ce matin, je me demande si je ne vais pas mettre un terme à ma retraite et poster ce dernier cahier à l'attention de Carole Tomasi. J'ai vu sa photo sur Internet, une jolie femme d'ailleurs.

Post-scriptum :

Mon hésitation a pris fin ce matin, mardi 4 juin.

Ludovic Bowers m'a appelé.

Il a eu mon numéro par l'intermédiaire de Claire : il savait que j'étais vivant et où je me trouvais, ça l'a convaincue.

Eh bien, j'en ai appris de belles.

Il avait une voix de déterré, j'ai d'abord cru qu'ils l'avaient lui aussi mis au cachot. Fini, le bellâtre du barreau, le ténor des bassins. D'abord il m'a annoncé qu'il était dévasté par la mort de Jeanne : ils étaient amants, depuis longtemps, et cette fois c'est moi qui suis resté sans voix. *Jeanne Mills-Bowers*, avait écrit *Le Monde*, je n'avais pas percuté, je suis si loin de tout cela désormais. Il m'a expliqué qu'ils étaient déjà ensemble quand j'ai rencontré Arnaud la première fois.

« Mais… lui ai-je dit, si je me souviens bien, elle vivait avec une femme en Charentes ?

– Jeanne vivait des amours avec des femmes et des hommes. Mais notre histoire a été la plus durable. »

Il m'a expliqué que Jeanne habitait en Écosse, à Eigg, cette île dont son père était originaire. Il savait qu'Amandine était derrière ce meurtre, que les trois Loubet n'étaient rien d'autre qu'une bande de tueurs en série qu'il fallait stopper de toute urgence. La police avait relâché la toute jeune sous-ministre, faute de preuve. Ce n'est pas possible, ce n'est pas possible. Il a répété ça plusieurs fois, puis il a bifurqué sur une autre boucle :

« L'os. Il est où l'os ? Il est où l'os ? »

Il répétait cette question comme un possédé. Même son français était devenu approximatif, on aurait dit un enfant, ou un journaliste de télé.

J'ai réfléchi. Mon cerveau n'était plus habitué aux calculs alambiqués sur l'échiquier des tractations humaines. Je ne pensais plus qu'aux vols des fous de Bassan et à mes progrès en vocabulaire grec. J'ai dit : « Attendez, attendez, attendez… »

Je savais où était l'os, et je savais aussi qu'à la seconde où je le lui dirais, il raccrocherait, ou du moins il abrégerait. Il s'était mis à plaider par téléphone pour l'impérieux devoir de justice et de vérité. Il m'a expliqué que, quand Régis Valin avait transmis le code ADN, celui de Jean-Luc n'était pas encore répertorié. Depuis c'est le cas. Or la gendarmerie n'a pas conservé la note du médecin. J'ai rassemblé mes idées, comme mes outils dans ma vie d'avant et mes casiers dans celle d'aujourd'hui.

« Qui m'a assommé ? »

Ça, ça l'a fait taire. Il y a eu un long silence dans mon oreille gauche, celle du téléphone, dans celle de droite des mouettes passaient en éclatant de rire.

« C'est moi. »

Je m'en doutais. L'ordure. Ce gaillard avait concentré sur une frappe toute l'énergie qu'il savait déployer sur un triathlon Ironman, et m'avait fait souffrir comme un chien. Fumier.

« … Je dormais chez eux cette nuit-là, vous n'avez pas eu de chance », il a ajouté.

Pas de chance. Je voyais au loin, tout en parlant à cet homme perdu, la silhouette de Cythère baignée dans le bleu absolu et j'avais du mal à croire que je n'avais pas de chance. Jean-Luc, lui, n'avait pas eu de chance. Si cet ex-bouffon ne m'avait pas assommé, les autres auraient bien été foutus de m'occire moi aussi pour de bon.

« Dites-moi où est l'os. »

Lebowski non plus n'avait eu de bol.

« Pourquoi avez-vous laissé crever mon chien ?

– Personne n'y a pensé.

– Ah bon ? C'est con. C'est lui qui avait l'os. C'était le sien.

– Non. Quand on a reconduit votre voiture, on a tout fouillé chez vous aussi, on avait vos clés.

– Et vous ne l'avez pas sauvé ?

– Il était déjà mort. Où est-il ?

– Qui ?

– L'os. »

J'ai repensé au moment dans la voiture où ils m'ont dit que Lebowski était déjà mort. Ça me turlupinait.

« Il est mort quand ?

– Je ne sais pas. En tout cas il était mort quand on vous a sorti du trou. »

Soit c'est une information recoupée, et donc avérée, soit l'homme a de la suite dans les idées, et ment avec constance. Après tout, c'est un avocat. J'ai eu besoin de laisser filer un silence.

« Et Jean-Luc, vous l'avez aussi laissé crever dans ce trou avant moi ?

– Non. Lui il s'est noyé.

– Pardon ?

– Il est mort, dans la piscine.

– Mais alors… pourquoi tout ce cirque ?

– Il voulait sauver la petite. Amandine. »

Il a marqué une nouvelle hésitation, et il a repris :

« Cette petite est un monstre. Elle a fait semblant de se noyer et il s'est jeté dans l'eau pour lui porter secours. Elle a joué son rôle jusqu'au bout, sauf que lui, on ne sait pas trop pourquoi… un arrêt cardiaque ou une hydrocution, il faisait très chaud ce jour-là…

– Ils auraient pu dire que c'était un accident ?

– Son corps était couvert des griffures de la petite. Et puis ils ont un système de surveillance vidéo qu'il aurait fallu effacer. Ils ne voulaient aucune tache sur le dossier de leur future inspectrice des finances. Alors ils ont enterré le corps. Comme dans les films, c'était stupide. Ils m'ont demandé conseil, je leur avais dit de le brûler mais ils ne m'ont pas écouté. Et le chien n'arrêtait pas de creuser pour le déterrer, alors ils l'ont ressorti et l'ont balancé dans le cellier en attendant. En oubliant un morceau. Il est où ? »

J'ai pensé à Jean-Luc. Jean-Luc le roc, l'insubmersible. Mais c'est vrai : il ne savait pas nager. Il était un de ces traumatisés qu'un oncle débile avait balancé dans l'eau en lui disant : « Allez, hop, nage maintenant, t'as pas le choix ! » Quand on faisait du bateau, je n'arrêtais pas de le chambrer et il me répondait invariablement : « Je ne sais pas nager comme tous les vrais marins. » Une fois je l'ai vu devenir tout blanc alors qu'il avait sauté du bateau trop tôt en accostant sur une plage. Ludovic me parlait de nouveau. En entendant sa voix, je me suis souvenu de sa petite remarque le jour du bain hystérique aux Prés Poleux : « N'oubliez pas de vous mouiller la nuque », m'avait-il glissé avec un clin d'œil en direction d'Arnaud et de Laure. Je l'avais même reprise je crois dans mon premier cahier. Je la comprenais mieux soudain. Ordure.

« Vous êtes complice de tout ça.

– Oui. »

Et Jeanne ! Comment cette fille libre, artiste et insoumise, pouvait-elle s'être associée à ce margoulin en chaussures anglaises hors de prix ?

« Jeanne m'a dit qu'ils avaient noyé son petit chien, c'était du pipeau ?

– Oui. Une fable qu'elle a inventée pour que vous quittiez le domaine. Elle l'a fait pour vous.

– Pourquoi elle n'a rien dit ? Pourquoi elle a accepté de couvrir toute cette horreur ?

– C'étaient ses parents. C'était sa sœur. Elle est juste partie. Elle a quitté la maison.

– Et vous ?

– Je l'ai rencontrée à ce moment-là. C'est une fille extraordinaire. C'était… Je lui ai dit qu'on pouvait tirer de gros bénéfices de ce secret. Les faire cracher. Elle a accepté. C'est grâce à ça que je suis devenu un cador du barreau, grâce à la télé. Oui, c'est dégueulasse. Je suis une ordure.

– Oui. C'est exactement ce que je me disais. »

Je me suis rappelé ce jour de juillet, avec cet imbécile dans la piscine des Prés Poleux, ce m'as-tu-vu aquatique qui draguait lourdement Laure alors qu'il lutinait sa fille, petit lauréat frelaté chez une Mrs Robinson déjantée. Je lui ai rafraîchi la mémoire et je lui ai demandé comment je pouvais faire confiance à une telle « planche pourrie ». Il n'a pas contesté l'expression consacrée, il m'a répondu d'une voix triste.

« … Je jouais un rôle. Très lucratif. À Jeanne je racontais que je ferais imploser le système de l'intérieur, ce n'était qu'à moitié vrai. Maintenant ça l'est. C'est fini. J'ai beaucoup changé. J'ai pris douze kilos de graisse et encore plus de plomb dans la tête. Je vais les faire payer. Cette fois moralement. Et moi aussi je vais payer. Jusqu'à la fin de mes jours. Jeanne était tout pour moi. »

J'ai regardé un cormoran qui reprenait son souffle à la surface. Il a plongé en s'infiltrant dans l'eau avec la douceur d'un trait au pinceau de calligraphie.

« C'est vous qui avez organisé ma fuite ?
– Oui. Dites-moi où est cet os.
– Et le reste des os, ils sont où ?
– On les a brûlés. Cette fois je m'en suis occupé avec eux. Dans leur chaudière à granulés. C'est comme ça qu'ils ont retrouvé les restes du bracelet.
– Hum.
– Où est l'os ?
– L'os de Lebowski ?
– Oui.
– Dites-moi : "Où est l'os de Lebowski ?" Dites son nom.
– Où est l'os de Lebowski ? »

Pauvre Lebowski. On dit que la déshydratation produit de terribles douleurs avant d'entraîner une perte de connaissance. Mon chien, ce héros. Celui qui avait déterré l'os, qui avait permis de révéler toute l'affaire. Je lui dois désormais d'aller au bout, de permettre à tout ce bazar d'aller jusqu'à son terme, jusqu'à sa résolution, jusqu'au châtiment. Finalement si, ce chien était bel et bien un fin limier. Du genre négligé, un vrai *Columbowski*, un inspecteur Columbo canin qui aurait troqué sa gabardine jaunie contre un manteau de fourrure de la même couleur. Chapeau, Lebo !

« Chez Méphisto.
– Pardon ?
– Chez le légiste. Le voisin. Au 12, chemin des Aubettes. »

Cette fois le silence poussait un soupir d'infini soulagement.

Je lui ai demandé ce qui allait se passer. Il m'a répondu qu'il allait tout livrer à la juge. J'ai demandé : « Et moi ? » Il m'a dit que je ne risquais pas grand-chose.

Peut-être une condamnation légère pour corruption passive et entrave au fonctionnement de la justice. Toutefois je serais bien avisé, m'a-t-il conseillé en reprenant son ton d'avocat, de me présenter spontanément à la police française pour témoigner.

À voir. J'ai suffisamment d'argent pour tenir un moment. Si je rentre, je serai heureux de revoir Claire, de rencontrer Mme Carole Tomasi, et de croiser, dans le box des accusés, le regard de mes employeurs tortionnaires, ma petite famille Addams en version française. Tous les trois vont connaître la geôle à leur tour. Ludovic y aura sans doute droit, lui aussi, pour complicité. Quant à moi, si je n'obtiens pas de relaxe ou de sursis, et que je doive les rejoindre pour un court séjour, eh bien nous serons cinq, on se fera un petit tarot, vite fait.

J'ai levé la tête vers la mer, vers l'immensité lumineuse, je n'étais pas pressé.

Je vais écrire le mot fin, avec la mine bleue, et j'irai poster ça chez Georgios.

# Remerciements

À Philippe Rey, pour son audace et son enthousiasme contagieux, pour son élégance à ne jamais pointer une difficulté sans, dans le même temps, proposer une solution.

À Mélanie Leblanc, à Cécile Magné, et à Thérèse-Marie Mahé pour leurs lectures attentives et leurs suggestions si précieuses.

Et à Jeena – ma muse pour Lebowski –, ma chienne.

# Table

## Les Éditions Points s'engagent pour la protection de l'environnement et une production française responsable

Ce livre a été imprimé en France, sur un papier certifié issu de forêts gérées durablement, chez un imprimeur labellisé Imprim'Vert, marque créée en partenariat avec l'Agence de l'Eau, l'ADEME (Agence de l'Environnement et de la Maîtrise de l'Énergie) et l'UNIC (Union Nationale de l'Imprimerie et de la Communication).

La marque Imprim'Vert apporte trois garanties essentielles :

- La suppression totale de l'utilisation de produits toxiques
- La sécurisation des stockages de produits et de déchets dangereux
- La collecte et le traitement de produits dangereux

RÉALISATION : NORD COMPO À VILLENEUVE-D'ASCQ
IMPRESSION : CPI FRANCE
DÉPÔT LÉGAL : SEPTEMBRE 2022. N° 151215-3 (3052097)
IMPRIMÉ EN FRANCE

# Éditions Points

## Collection Points Policier

DERNIERS TITRES PARUS

P3053. Cyber China, *Qiu Xiaolong*
P3065. Frissons d'assises. L'instant où le procès bascule *Stéphane Durand-Souffland*
P3091. Les Joyaux du paradis, *Donna Leon*
P3103. Le Dernier Lapon, *Olivier Truc*
P3115. Meurtre au Comité central, *Manuel Vázquez Montalbán*
P3123. Liquidations à la grecque, *Petros Markaris*
P3124. Baltimore, *David Simon*
P3125. Je sais qui tu es, *Yrsa Sigurdardóttir*
P3141. Le Baiser de Judas, *Anna Grue*
P3142. L'Ange du matin, *Arni Thorarinsson*
P3149. Le Roi Lézard, *Dominique Sylvain*
P3161. La Faille souterraine. Et autres enquêtes *Henning Mankell*
P3162. Les Deux Premières Enquêtes cultes de Wallander : Meurtriers sans visage & Les Chiens de Riga *Henning Mankell*
P3163. Brunetti et le mauvais augure, *Donna Leon*
P3164. La Cinquième Saison, *Mons Kallentoft*
P3165. Panique sur la Grande Muraille & Le Mystère du jardin chinois, *Frédéric Lenormand*
P3166. Rouge est le sang, *Sam Millar*
P3167. L'Énigme de Flatey, *Viktor Arnar Ingólfsson*
P3168. Goldstein, *Volker Kutscher*
P3219. Guerre sale, *Dominique Sylvain*
P3220. Arab Jazz, *Karim Miské*
P3228. Avant la fin du monde, *Boris Akounine*
P3229. Au fond de ton cœur, *Torsten Pettersson*
P3234. Une belle saloperie, *Robert Littell*
P3235. Fin de course, *C.J. Box*
P3251. Étranges Rivages, *Arnaldur Indridason*
P3267. Les Tricheurs, *Jonathan Kellerman*
P3268. Dernier refrain à Ispahan, *Naïri Nahapétian*
P3279. Kind of Blue, *Miles Corwin*
P3280. La fille qui avait de la neige dans les cheveux *Ninni Schulman*
P3295. Sept pépins de grenade, *Jane Bradley*
P3296. À qui se fier ?, *Peter Spiegelman*

P3315. Techno Bobo, *Dominique Sylvain*
P3316. Première station avant l'abattoir, *Romain Slocombe*
P3317. Bien mal acquis, *Yrsa Sigurdardottir*
P3330. Le Justicier d'Athènes, *Petros Markaris*
P3331. La Solitude du manager, *Manuel Vázquez Montalbán*
P3349. 7 jours, *Deon Meyer*
P3350. Homme sans chien, *Håkan Nesser*
P3351. Dernier verre à Manhattan, *Don Winslow*
P3374. Mon parrain de Brooklyn, *Hesh Kestin*
P3389. Piégés dans le Yellowstone, *C.J. Box*
P3390. On the Brinks, *Sam Millar*
P3399. Deux veuves pour un testament, *Donna Leon*
P4004. Terminus Belz, *Emmanuel Grand*
P4005. Les Anges aquatiques, *Mons Kallentoft*
P4006. Strad, *Dominique Sylvain*
P4007. Les Chiens de Belfast, *Sam Millar*
P4008. Marée d'équinoxe, *Cilla et Rolf Börjlind*
P4050. L'Inconnue du bar, *Jonathan Kellerman*
P4051. Une disparition inquiétante, *Dror Mishani*
P4065. Thé vert et arsenic, *Frédéric Lenormand*
P4068. Pain, éducation, liberté, *Petros Markaris*
P4088. Meurtre à Tombouctou, *Moussa Konaté*
P4089. L'Empreinte massaï, *Richard Crompton*
P4093. Le Duel, *Arnaldur Indridason*
P4101. Dark Horse, *Craig Johnson*
P4102. Dragon bleu, tigre blanc, *Qiu Xiaolong*
P4114. Le garçon qui ne pleurait plus, *Ninni Schulman*
P4115. Trottoirs du crépuscule, *Karen Campbell*
P4117. Dawa, *Julien Suaudeau*
P4127. Vent froid, *C.J. Box*
P4159. Une main encombrante, *Henning Mankell*
P4160. Un été avec Kim Novak, *Håkan Nesser*
P4171. Le Détroit du Loup, *Olivier Truc*
P4188. L'Ombre des chats, *Arni Thorarinsson*
P4189. Le Gâteau mexicain, *Antonin Varenne*
P4210. La Lionne blanche & L'homme qui souriait
*Henning Mankell*
P4211. Kobra, *Deon Meyer*
P4212. Point Dume, *Dan Fante*
P4224. Les Nuits de Reykjavik, *Arnaldur Indridason*
P4225. L'Inconnu du Grand Canal, *Donna Leon*
P4226. Little Bird, *Craig Johnson*
P4227. Une si jolie petite fille. Les crimes de Mary Bell
*Gitta Sereny*
P4228. La Madone de Notre-Dame, *Alexis Ragougneau*
P4229. Midnight Alley, *Miles Corwin*

P4230. La Ville des morts, *Sara Gran*
P4231. Un Chinois ne ment jamais & Diplomatie en kimono *Frédéric Lenormand*
P4232. Le Passager d'Istanbul, *Joseph Kanon*
P4233. Retour à Watersbridge, *James Scott*
P4234. Petits meurtres à l'étouffée, *Noël Balen et Vanessa Barrot*
P4285. La Revanche du petit juge, *Mimmo Gangemi*
P4286. Les Écailles d'or, *Parker Bilal*
P4287. Les Loups blessés, *Christophe Molmy*
P4295. La Cabane des pendus, *Gordon Ferris*
P4305. Un type bien. Correspondance 1921-1960 *Dashiell Hammett*
P4313. Le Cannibale de Crumlin Road, *Sam Millar*
P4326. Molosses, *Craig Johnson*
P4334. Tango Parano, *Hervé Le Corre*
P4341. Un maniaque dans la ville, *Jonathan Kellerman*
P4342. Du sang sur l'arc-en-ciel, *Mike Nicol*
P4351. Au bout de la route, l'enfer, *C.J. Box*
P4352. Le garçon qui ne parlait pas, *Donna Leon*
P4353. Les Couleurs de la ville, *Liam McIlvanney*
P4363. Ombres et Soleil, *Dominique Sylvain*
P4367. La Rose d'Alexandrie, *Manuel Vázquez Montalbán*
P4393. Battues, *Antonin Varenne*
P4417. À chaque jour suffit son crime, *Stéphane Bourgoin*
P4425. Des garçons bien élevés, *Tony Parsons*
P4430. Opération Napoléon, *Arnaldur Indridason*
P4461. Épilogue meurtrier, *Petros Markaris*
P4467. En vrille, *Deon Meyer*
P4468. Le Camp des morts, *Craig Johnson*
P4476. Les Justiciers de Glasgow, *Gordon Ferris*
P4477. L'Équation du chat, *Christine Adamo*
P4482. Une contrée paisible et froide, *Clayton Lindemuth*
P4486. Brunetti entre les lignes, *Donna Leon*
P4487. Suburra, *Carlo Bonini et Giancarlo De Cataldo*
P4488. Le Pacte du petit juge, *Mimmo Gangemi*
P4516. Meurtres rituels à Imbaba, *Parker Bilal*
P4526. Snjór, *Ragnar Jónasson*
P4527. La Violence en embuscade, *Dror Mishani*
P4528. L'Archange du chaos, *Dominique Sylvain*
P4529. Évangile pour un gueux, *Alexis Ragougneau*
P4530. Baad, *Cédric Bannel*
P4531. Le Fleuve des brumes, *Valerio Varesi*
P4532. Dodgers, *Bill Beverly*
P4547. L'Innocence pervertie, *Thomas H. Cook*
P4549. Sex Beast. Sur la trace du pire tueur en série de tous les temps, *Stéphane Bourgoin*

P4560. Des petits os si propres, *Jonathan Kellerman*
P4561. Un sale hiver, *Sam Millar*
P4562. La Peine capitale, *Santiago Roncagliolo*
P4568. La crème était presque parfaite, *Noël Balen et Vanessa Barrot*
P4577. L.A. nocturne, *Miles Corwin*
P4578. Le Lagon noir, *Arnaldur Indridason*
P4585. Le Crime, *Arni Thorarinsson*
P4593. Là où vont les morts, *Liam McIlvanney*
P4602. L'Empoisonneuse d'Istanbul, *Petros Markaris*
P4611. Tous les démons sont ici, *Craig Johnson*
P4616. Lagos Lady, *Leye Adenle*
P4617. L'Affaire des coupeurs de têtes, *Moussa Konaté*
P4618. La Fiancée massaï, *Richard Crompton*
P4629. Sur les hauteurs du mont Crève-Cœur, *Thomas H. Cook*
P4640. L'Affaire Léon Sadorski, *Romain Slocombe*
P4644. Les Doutes d'Avraham, *Dror Mishani*
P4649. Brunetti en trois actes, *Donna Leon*
P4650. La Mésange et l'Ogresse, *Harold Cobert*
P4655. La Montagne rouge, *Olivier Truc*
P4656. Les Adeptes, *Ingar Johnsrud*
P4660. Tokyo Vice, *Jake Adelstein*
P4661. Mauvais Coûts, *Jacky Schwartzmann*
P4664. Divorce à la chinoise & Meurtres sur le fleuve Jaune *Frédéric Lenormand*
P4665. Il était une fois l'inspecteur Chen, *Qiu Xiaolong*
P4701. Cartel, *Don Winslow*
P4719. Les Anges sans visage, *Tony Parsons*
P4724. Rome brûle, *Carlo Bonini et Giancarlo De Cataldo*
P4730. Dans l'ombre, *Arnaldur Indridason*
P4738. La Longue Marche du juge Ti & Médecine chinoise à l'usage des assassins, *Frédéric Lenormand*
P4757. Mörk, *Ragnar Jónasson*
P4758. Kabukicho, *Dominique Sylvain*
P4759. L'Affaire Isobel Vine, *Tony Cavanaugh*
P4760. La Daronne, *Hannelore Cayre*
P4761. À vol d'oiseau, *Craig Johnson*
P4762. Abattez les grands arbres, *Christophe Guillaumot*
P4763. Kaboul Express, *Cédric Bannel*
P4771. La Maison des brouillards, *Eric Berg*
P4772. La Pension de la via Saffi, *Valerio Varesi*
P4781. Les Sœurs ennemies, *Jonathan Kellerman*
P4782. Des enfants tuent un enfant. L'affaire James Bulger *Gitta Sereny*
P4783. La Fin de l'histoire, *Luis Sepúlveda*
P4801. Les Pièges de l'exil, *Philip Kerr*

P4807. Karst, *David Humbert*
P4808. Mise à jour, *Julien Capron*
P4817. La Femme à droite sur la photo, *Valentin Musso*
P4827. Le Polar de l'été, *Luc Chomarat*
P4830. Banditsky ! Chroniques du crime organisé
à Saint-Pétersbourg, *Andreï Constantinov*
P4848. L'Étoile jaune de l'inspecteur Sadorski, *Romain Slocombe*
P4851. Si belle, mais si morte, *Rosa Mogliasso*
P4853. Danser dans la poussière, *Thomas H. Cook*
P4859. Missing : New York, *Don Winslow*
P4861. Minuit sur le canal San Boldo, *Donna Leon*
P4868. Justice soit-elle, *Marie Vindy*
P4881. Vulnérables, *Richard Krawiec*
P4882. La Femme de l'ombre, *Arnaldur Indridason*
P4883. L'Année du lion, *Deon Meyer*
P4884. La Chance du perdant, *Christophe Guillaumot*
P4885. Demain c'est loin, *Jacky Schwartzmann*
P4886. Les Géants, *Benoît Minville*
P4887. L'Homme de Kaboul, *Cédric Bannel*
P4907. Le Dernier des yakuzas, *Jake Adelstein*
P4918. Les Chemins de la haine, *Eva Dolan*
P4924. La Dent du serpent, *Craig Johnson*
P4925. Quelque part entre le bien et le mal, *Christophe Molmy*
P4937. Nátt, *Ragnar Jónasson*
P4942. Offshore, *Petros Markaris*
P4958. La Griffe du chat, *Sophie Chabanel*
P4959. Les Ombres de Montelupo, *Valerio Varesi*
P4960. Le Collectionneur d'herbe, *Francisco José Viegas*
P4961. La Sirène qui fume, *Benjamin Dierstein*
P4962. La Promesse, *Tony Cavanaugh*
P4963. Tuez-les tous... mais pas ici, *Pierre Pouchairet*
P4964. Judas, *Astrid Holleeder*
P4965. Bleu de Prusse, *Philip Kerr*
P4966. Les Planificateurs, *Kim Un-Su*
P4978. Qaanaaq, *Mo Malø*
P4982. Meurtres à Pooklyn, *Mod Dunn*
P4983. Iboga, *Christian Blanchard*
P4995. Moi, serial killer. Les terrifiantes confessions
de 12 tueurs en série, *Stéphane Bourgoin*
P5023. Passage des ombres, *Arnaldur Indridason*
P5024. Les Saisons inversées, *Renaud S. Lyautey*
P5025. Dernier Été pour Lisa, *Valentin Musso*
P5026. Le Jeu de la défense, *André Buffard*
P5027. Esclaves de la haute couture, *Thomas H. Cook*
P5028. Crimes de sang-froid, *Collectif*
P5029. Missing : Germany, *Don Winslow*

P5030. Killeuse, *Jonathan Kellerman*
P5031. #HELP, *Sinéad Crowley*
P5054. Sótt, *Ragnar Jónasson*
P5055. Sadorski et l'ange du péché, *Romain Slocombe*
P5067. Dégradation, *Benjamin Myers*
P5068. Les Disparus de la lagune, *Donna Leon*
P5093. Les Fils de la poussière, *Arnaldur Indridason*
P5094. Treize Jours, *Arni Thorarinsson*
P5095. Tuer Jupiter, *François Médéline*
P5096. Pension complète, *Jacky Schwartzmann*
P5097. Jacqui, *Peter Loughran*
P5098. Jours de crimes, *Stéphane Durand-Souffland et Pascale Robert-Diard*
P5099. Esclaves de la haute couture, *Thomas H. Cook*
P5100. Chine, retiens ton souffle, *Qiu Xiaolong*
P5101. Exhumation, *Jesse et Jonathan Kellerman*
P5102. Lola, *Melissa Scrivner Love*
P5123. Tout autre nom, *Craig Johnson*
P5124. Requiem, *Tony Cavanaugh*
P5125. Ce que savait la nuit, *Arnaldur Indridason*
P5126. Scalp, *Cyril Herry*
P5127. Haine pour haine, *Eva Dolan*
P5128. Trois Jours, *Petros Markaris*
P5167. Diskø, *Mo Malø*
P5168. Sombre avec moi, *Chris Brookmyre*
P5169. Les Infidèles, *Dominique Sylvain*
P5170. L'Agent du chaos, *Giancarlo De Cataldo*
P5171. Le Goût de la viande, *Gildas Guyot*
P5172. Les Effarés, *Hervé Le Corre*
P5173. J'ai vendu mon âme en bitcoins *Jake Adelstein*
P5174. La Dame de Reykjavik, *Ragnar Jónasson*
P5175. La Mort du Khazar rouge, *Shlomo Sand*
P5176. Le Blues du chat, *Sophie Chabanel*
P5177. Les Mains vides, *Valerio Varesi*
P5213. Le Cœur et la Chair, *Ambrose Parry*
P5214. Dernier tacle, *Emmanuel Petit, Gilles Del Pappas*
P5215. Crime et Délice, *Jonathan Kellerman*
P5216. Le Sang noir des hommes, *Julien Suaudeau*
P5217. À l'ombre de l'eau, *Maïko Kato*
P5218. Vik, *Ragnar Jónasson*
P5219. Koba, *Robert Littell*
P5248. Il était une fois dans l'Est, *Arpád Soltész*
P5249. La Tentation du pardon, *Donna Leon*
P5250. Ah, les braves gens !, *Franz Bartelt*
P5251. Crois-le !, *Patrice Guirao*

P5252. Lyao-Ly, *Patrice Guirao*
P5253. À sang perdu, *Rae Delbianco*
P5282. L'Artiste, *Antonin Varenne*
P5283. Les Roses de la nuit, *Arnaldur Indridason*
P5284. Le Diable et Sherlock Holmes, *David Grann*
P5285. Coups de vieux, *Dominique Forma*
P5286. L'Offrande grecque, *Philip Kerr*
P5310. Hammett Détective, *Stéphanie Benson, Benjamin et Julien Guérif, Jérôme Leroy, Marcus Malte, Jean-Hugues Oppel, Benoît Séverac, Marc Villard, Tim Willocks*
P5311. L'Arbre aux fées, *B. Michael Radburn*
P5312. Le Coffre, *Jacky Schwartzmann, Lucian-Dragos Bogdan*
P5313. Le Manteau de neige, *Nicolas Leclerc*
P5314. L'Île au secret, *Ragnar Jónasson*
P5335. L'Homme aux murmures, *Alex North*
P5336. Jeux de dames, *André Buffard*
P5337. Les Fantômes de Reykjavik *Arnaldur Indridason*
P5338. La Défaite des idoles, *Benjamin Dierstein*
P5339. Les Ombres de la toile, *Christopher Brookmyre*
P5340. Dry Bones, *Craig Johnson*
P5341. Une femme de rêve, *Dominique Sylvain*
P5342. Les Oubliés de Londres, *Eva Dolan*
P5343. Chinatown Beat, *Henry Chang*
P5344. Sang chaud, *Kim Un-Su*
P5345. Si tu nous regardes, *Patrice Guirao*
P5346. Tu vois !, *Patrice Guirao*
P5347. Du sang sur l'asphalte, *Sara Gran*
P5348. Cool Killer, *Sébastien Dourver*
P5378. Angkar, *Christian Blanchard*
P5379. Que tombe le silence, *Christophe Guillaumot*
P5380. Nuuk, *Mo Malø*
P5381. Or, encens et poussière, *Valerio Varesi*
P5382. Le Goût du rouge à lèvres de ma mère, *Gabrielle Massat*
P5383. Richesse oblige, *Hannelore Cayre*
P5384. Breakdown, *Jonathan Kellerman*
P5385. Mauvaise graine, *Nicolas Jaillet*
P5386. Le Séminaire des assassins, *Petros Markaris*
P5387. Y. La Trilogie de K, *Serge Quadruppani*
P5388. Norlande, *Jérôme Leroy*
P5418. Le Bal des porcs, *Arpád Soltész*
P5419. Après le jour, *Christophe Molmy*
P5420. Quand un fils nous est donné, *Donna Leon*
P5421. Sigló, *Ragnar Jónasson*
P5422. La Gestapo Sadorski, *Romain Slocombe*
P5473. L'Emprise du chat, *Sophie Chabanel*

P5474. Somb, *Max Monnehay*
P5503. De cendres et d'or. Une enquête du ranger Taylor Bridges
*B. Michael Radburn*
P5504. Un dernier ballon pour la route, *Benjamin Dierstein*
P5505. Laisse pas traîner ton fils, *Rachid Santaki*
P5506. La Dernière Tempête, *Ragnar Jónasson*
P5507. Un dîner chez Min, *Xiaolong Qiu*
P5546. Dernier Tour lancé, *Antonin Varenne*
P5547. La Pierre du remords, *Arnaldur Indridason*
P5548. L'Ange déchu, *Chris Brookmyre*
P5549. Seul avec la nuit, *Christian Blanchard*
P5550. Une évidence trompeuse, *Craig Johnson*
P5551. Marseille 73, *Dominique Manotti*
P5552. Elma, *Eva Björg Ægisdóttir*
P5553. L'Ange rouge, *François Médéline*
P5554. Terminus Leipzig, *Jérôme Leroy, Max Annas*
P5555. Carnets d'enquête d'un beau gosse nécromant
*Jung Jaehan*
P5556. La Bête en cage, *Nicolas Leclerc*
P5557. Les Chiens de Pasvik, *Olivier Truc*
P5558. Xavier Dupont de Ligonnès. La grande enquête
*Pierre Boisson, Maxime Chamoux, Sylvain Gouverneur, Thibault Raisse*
P5580. La Maison du commandant, *Valerio Varesi*
P5581. Serial Bomber, *Robert Pobi*
P5582. L'Art de mourir, *Ambrose Parry*
P5583. Un flic bien trop honnête, *Franz Bartelt*
P5584. Le Second Disciple, *Kenan Görgün*
P5585. Maldonnes, *Serge Quadruppani*
P5586. L'Ami des ombres, *Alex North*
P5587. Resurrection Bay, *Emma Viskic*
P5588. En eaux dangereuses, *Donna Leon*
P5589. Disparaître / Dans la nature, *Evan Ratliff*
P5590. Trente Grammes, *Gabrielle Massat*
P5591. Heartbreak Hotel, *Jonathan Kellerman*
P5592. Mort aux hypocrites, *Petros Markaris*
P5593. Koba, *Robert Littell*
P5636. Le Serment, *Arttu Tuominen*
P5637. Indio, *Cesare Battisti*
P5638. L'Eau rouge, *Jurica Pavičić*
P5639. Analphabète, *Mick Kitson*
P5640. Larmes de fond, *Pierre Pouchairet*
P5641. L'Inspecteur Sadorski libère Paris, *Romain Slocombe*
P5642. L'Os de Lebowski, *Vincent Maillard*
P5668. Un tueur sur mesure, *Sam Millar*